KB039723

드림 레코드*

드림 레코드

초판 1쇄 발행 2022년 12월 23일

글 이혜린

편집장 천미진 | 편집책임 김현희 | 편집 최지우
디자인 최윤정 | 마케팅 한소정 | 경영지원 한지영

펴낸이 한혁수 | 펴낸곳 도서출판 다림 | 등록 1997. 8. 1. 제1-2209호.
주소 07228 서울시 영등포구 영신로 220 KnK 디지털타워 1102호
전화 02-538-2913 | 팩스 070-4275-1693 | 전자 우편 darimbooks@hanmail.net
블로그 blog.naver.com/darimbooks | 다림 카페 cafe.naver.com/darimbooks

ISBN 978-89-6177-302-7 (43810)

드림 레코드 *

이혜린 장편 소설

다림

*목차

꿈꿔 온 세상이 실현되는
환상의 세계 속으로

—

   최근 학교 폭력의 심각성이 강조되면서 여러 사건 사고들이 수면 위로 올라오고 있습니다. 하지만 대중들의 공분을 불러일으키는 사건임에도 가해자의 나이가 어리다는 이유로 솜방망이 처벌을 받는 경우가 많습니다. 모두가 학교 폭력의 심각성을 인지하고 강한 처벌을 원하고 있지만 사회적 인식과는 달리 사회 제도와 시스템이 이를 따라오지 못하고 있는 것 같아 안타깝습니다.

   물론 가해자 엄벌만이 현명한 해결책이 아니라는 것은 잘 알고 있습니다. 가해자들을 괴물로 길러 낸 책임은 우리에게도 있으니까요. 그래도 한 번쯤은 학교 폭력 가해자들이 두려움에 벌벌 떠는 세상을 그려 보고 싶었습니다. 그래서 생각해 낸 것이 '꿈'이었고요.

   제 소설이 사이다처럼 속을 뻥 뚫어 주는 이야기가 아닐 수도 있습니다. 그러나 오직 '현실적'인 것들만 떠들어 대던 '현실'에서 잠시나마 벗어나서, '꿈'꿨던 이상이 실현되는 '꿈' 세계에 발을 담가 볼 수만 있다면 저는 그것으로 만족합니다.

햇볕에 뽀송하게 말린 이불과 베개, 내 몸에 편한 수면 잠옷을 가지고 잠들 준비를 할 때 저는 행복을 느낍니다. 오늘은 또 어떤 재미있는 꿈을 꿀까 기대하는 마음으로 환상을 맞이할 준비를 합니다. 어쩌면 그 순간부터가 바로 꿈의 시작이 아닐까 싶습니다. 독자들도 잠시 현실을 떠나 '꿈'이 주는 달콤한 즐거움을 맛보았으면 좋겠습니다.

그리고 어린 독자들에게 꼭 말해 주고 싶습니다. 우리 어른들도 학교 폭력 문제에 관심이 많고, 함께 해결해 나가고자 하는 의지가 강하다고요. 그러니 어차피 해결 안 될 거라 생각하며 포기하지 말고 함께 적극적으로 방법을 찾으면 좋겠습니다.

이혜린

꿈을 기억할 수 있다면

✳

드림 레코드사 창립은 동화 작가 오해나의 말 한마디에서
시작되었다.

"오늘도 밤새운 거야?"

알람을 끄고 거실로 나온 해나의 남편이 물었다.

"그렇지 뭐."

"그러다 몸 상하겠어."

"하아, 아이디어가 안 떠올라, 아이디어가."

작업 책상에서 밤을 꼴딱 새운 해나가 머리를 쥐어뜯으며
괴로워했다.

해나는 필력이 뛰어난 작가였다. 어릴 적부터 글쓰기 상
이란 상은 모조리 휩쓸었으며 타고난 실력만 믿고 노력을
게을리하지도 않았다. 글쓰기라면 밥 먹고 잠자는 일도 해
나에게는 우선순위가 아니었다. 작문에 대단한 열정을 가

진 해나가 수많은 장르 중 가장 관심 있어 하는 분야는 단연 동화였다. 아이들뿐 아니라 세상의 각박한 세상을 치열하게 살아가는 어른들에게도 자신이 쓴 동화로 잠시나마 위로를 선물하고 싶었다.

해나는 마음먹고 쓴 첫 작품을 여러 번 퇴고하여 공모전에 투고했다. 그리고 세 달 뒤, 해나의 첫 동화 〈꼬마 마녀 링링〉은 참신한 스토리와 탄탄한 구성력을 인정받으며 신인문학상에 당선되었다.

대형 출판사의 공모전 수상작인 만큼 여러 매체에 보도되면서 작품은 삽시간에 유명해졌다. 첫 작품부터 베스트셀러에 오른 해나는 인터뷰, 사인회, 강연까지 눈코 뜰 새 없이 바쁜 스케줄을 소화해 가며 1년이라는 시간을 보냈다. 빛나는 재능으로 자신의 이름을 빛낸 셈이었다.

문제는 그때부터였다. '신선한 이야기와 거침없는 필력으로 사람들에게 감동을 선사하는 작가'라는 타이틀은 해나에게 벗어날 수 없는 감옥이 되어 버렸다. '거침없는 필력'은 여전히 식은 죽 먹기였지만 문제는 '신선한 이야기'였다. 세상은 작가 오해나에게 너무 큰 기대를 품고 있었고, 해나는 그 기대에 완벽하게 부응할 자신이 없었다.

물론 하늘 아래 새로운 것은 별로 없다는 사실을 그녀도 잘 알고 있었다. 이미 존재하는 것들을 살짝 낯설게 바라보고 약간 색다르게 써 내려가는 것이 창의적인 작품을 만든다는 것도 알고 있었다. 하지만 신선하고 새로운 이야기를 써야 한다는 강박감이 마음속 깊이 자리 잡은 순간부터 해나는 아무것도 쓸 수가 없었다.

이제껏 자신의 재능을 철석같이 믿어 왔던 그녀이기에 글감이 막히는 순간은 청천벽력 이상의 충격으로 다가왔다. 그 후로도 샘솟지 않는 아이디어를 쥐어짜면서 억지로 글을 써 봤지만 모두 마음에 들지 않았다. 창작에 있어서만큼은 완벽을 지향하는 해나였지만 이러한 상황이 반복되자 해나는 서서히 지치기 시작했다.

해나가 창작의 고통으로부터 해방되는 순간은 오로지 꿈속뿐이었다. 현실을 벗어나 꿈을 꿀 때면 머리 아프게 이런 저런 고민을 할 필요가 없었다. 게다가 꿈속에서는 해나가 생각지도 못했던 환상적인 아이디어들이 파닥파닥 살아 숨 쉬며 눈앞에 펼쳐졌다. 하지만 그때뿐이었다. 잠에서 깨고 나면 가물가물하던 꿈은 어느새 사라지고 없었다. 꿈에서 본 장면들을 기억하기 위해 꿈 일기도 쓰며 갖은 노력을 해

봤지만 수첩에 적어 놓은 내용들은 연결성 없이 뚝뚝 끊겨 있었다. 온전하지 못한 조각들만으로는 한 권의 책을 완성할 수 없었다.

한참 동안 고민하던 해나에게 문득 그 시간들이 스쳐 갔다. 지난밤 꿈을 기억하려고 애썼던 시간들.

"하, 꿈 내용만 기억할 수 있으면……."

해나가 혼잣말을 중얼거렸다.

"응? 뭐라고?"

잠시 부엌에 갔던 해나의 남편이 양손에 고동색 머그잔을 들고 돌아왔다.

"땡큐. 그냥 혼잣말."

김이 모락모락 나는 커피를 건네받으며 해나는 씁쓸하게 미소 지었다. 여기서 부부의 대화가 다른 주제로 넘어갔다면 드림 레코드는 만들어지지 않았을 것이다. 하지만 해나의 남편은 유달리 다정하고 세심했다. 그는 아내의 작은 중얼거림 하나에도 귀 기울이는 남편이었다.

"꿈 어쩌고 한 거 같은데, 맞아?"

커피를 내려놓고 책상 귀퉁이에 걸터앉은 남편이 말했다.

"그냥, 잠을 못 자니까 정신이 어떻게 됐나 봐. 망상 좀 해봤어."

"혹시 알아? 망상이 위대한 아이디어의 시작이 될지."

장난스럽게 미소 짓는 남편을 따라 해나도 작게 웃었다. 잠시 머그잔을 만지작거리던 해나가 피곤함이 가득 담긴 눈으로 입을 뗐다.

"예전에 그런 생각한 적 있거든. 내가 꾸는 꿈 내용이 완벽하게 기억나면 얼마나 좋을까 하고."

"꿈?"

"응. 꿈에서는 매일 새로운 아이디어들이 넘쳐 나니까. 그것도 무제한으로. 새 작품 구상하다가 잠드는 날이면 그게 꿈까지 연결돼서 파노라마처럼 결말까지 좌르륵 펼쳐지기도 하고. 근데 딱 거기까지더라."

"왜?"

"꿈 내용이 도무지 기억이 안 나. 안간힘을 다해 기억하려고 해도 전체 내용이 긴밀하게 연결되지 않고 조각조각 부서지더라고. 그거 가지곤 아무것도 못 쓰거든."

이 말을 끝으로 잠시 침묵이 흘렀다. 머릿속에 품고 있던 공상을 입 밖으로 떠벌린 것이 약간 부끄러워지려는 순간,

남편이 입을 열었다.

"흠, 그런 거라면 내가 도와줄 수 있을 것 같은데."

"에이, 무슨."

대수롭지 않게 반응했지만 해나는 내심 비현실적인데다 엉뚱하기까지 한 자신의 생각을 비웃기는커녕 돕고 싶다고 말해 주는 남편의 배려가 눈물 나게 고마웠다. 금세 기분이 좋아진 해나는 피식 웃으며 커피를 한 모금 들이켰다. 그런데 그런 해나를 바라보는 남편의 표정이 사뭇 진지했다.

"여보."

"응?"

남편의 진지한 목소리에 해나가 고개를 들었다.

"내가 누군지 벌써 잊은 거야? 나 뇌 과학자잖아."

"그건 알지만…… 내가 말한 건 너무 비현실적인 얘기라……."

해나의 말에 남편은 천천히 고개를 가로저었다.

"꿈을 기억하는 게…… 가능하다고?"

해나가 황당한 듯 미간을 찡그렸다.

"확답은 못 줘. 그래도 한번 해 보고 싶어졌어. 나 믿지?"

남편이 물었지만 해나는 말없이 멀뚱멀뚱 그를 쳐다볼 뿐이었다.

"피곤해 보인다. 우선 눈 좀 붙여."

해나의 이마에 입을 맞춘 뒤 남편은 출근 준비를 시작했다. 사소한 망상에서 시작된 부부의 대화는 뜻밖에도 남편 한태오의 일상에 활력을 불어넣어 주었다. 아주 오래전부터 사람들에게 도움을 주는 발명품을 만들고 싶었던 태오는 대학원 졸업 후 제법 유명한 회사의 연구 개발팀으로 들어갔다. 부푼 꿈을 안고 입사했지만 현실은 냉정하기 짝이 없었다. 태오가 새로운 아이디어를 내는 족족 윗선은 현실 가능성은 없고 비용만 많이 드는 연구라며 번번이 퇴짜를 놓았다.

회사에서는 신입 사원의 머리에서 독창적인 아이디어가 나와도 귀 기울여 주지 않았다. 오로지 상품성 높은 아이디어, 돈이 되는 아이디어에만 관심을 보이는 철저하게 계산적인 시스템에 태오는 이골이 났다. 수많은 상사들과 부딪치고 싸우며 여러 해가 지나는 사이, 그의 열정은 시나브로 줄어들었고 결국엔 모조리 타 버려 재만 남았다. 이제 그는 누구와도 부딪치지 않는 법을 배웠으며 안정적인 현실에 안주하는 평범한 월급쟁이 회사원이 되어 있었다.

그런데 툭 뱉은 아내의 말 한마디는 식어 버린 그의 가슴에 도화선을 당겼다. 뜨거운 무언가가 가슴 안에서 꿈틀대고, 쥐어짜야만 한 방울씩 나오던 에너지는 마르지 않는 샘처럼 용솟음쳤다. 명분 또한 충분했다. 뇌 과학자로서 꼭 한번 도전해 보고 싶은 일이었고, 세상에서 제일 사랑하는 아내를 도울 수 있는 일이기도 했다.

태오는 해나와 그 대화를 나눈 날부터 없는 시간을 쪼개 가며 일과 연구를 병행하기 시작했다. 가설을 세운 후 관련 논문이란 논문은 모조리 찾아 읽었고, 실험 설계 방법도 꼼꼼하게 연구했다. 회사에 알리지 않고 몰래 사비를 들여 진행하는 혼자만의 외로운 연구였다. 밤을 꼬박 새우는 일도 잦았다. 그러나 태오는 진심으로 그 어느 때보다 즐거웠다.

*

그로부터 꼬박 7년이 흘렀다. 승리감에 도취된 얼굴로 집에 돌아온 태오가 잠시 입술을 달싹이다가 이내 비장한 투로 말을 꺼냈다.

"성공했어."

"응?"

"이 한태오가 드디어 성공했다고."

태오가 부리부리한 두 눈을 빛내며 씩 웃어 보였다.

"그게 무슨……."

부엌에서 저녁을 준비하고 있던 해나는 어리둥절한 얼굴로 태오를 봤다. 태오는 수수께끼를 내는 사람처럼 흥미로운 얼굴로 해나가 답을 맞혀 주길 기다렸다. 영문을 모르는 해나는 눈을 천천히 끔뻑였다. 그러다 문득, 오래전 그날의 대화가 떠오르면서 해나의 머리에 번개가 쾅 쳤다.

"당신 설마……."

해나는 떨리는 목소리로 말꼬리를 흐렸다. 태오가 의기양양한 얼굴로 고개를 크게 끄덕여 보이고는 해나를 향해 양팔을 활짝 벌렸다. 눈이 커진 해나가 벌어지는 입을 틀어막았다. 짧은 정적이 흘렀다. 해나는 손에 들고 있던 당근의 존재도 잊은 채 태오에게 달려가 와락 안겼다.

"그렇게 고생하더니 해냈구나. 정말 해냈어! 어떻게 이런 일이……."

"나만 믿으라고 했지?"

태오는 그렇게 해나와의 약속을 지켰다.

동화 작가 오해나와 과학자 한태오의 합작으로 '드림 레코드'가 탄생했다. 회사 운영은 태오가 단독으로 맡았다. 해나에게도 공동 운영을 제안했지만 돌아오는 대답은 단호했다.

"난 글쟁이잖아. 회사 같은 건 잘 몰라. 글 쓰는 일이 더 좋기도 하고. 당신 덕분에 매일 꿈에서 아이디어를 너무 많이 얻고 있어서 그거 처리하기도 바빠. 그 많은 걸 어디서부터 어떻게 풀어 나갈지 걱정이라니까."

분명 걱정이라고 말했지만 정작 해나의 얼굴은 태양처럼 밝게 빛나고 있었다.

해나는 오랜 소원대로 꿈에서 영감을 얻어 다시 활발한 작가 활동을 시작했다. 되살아난 그녀의 추진력은 어마어마했다. 고양이와 영혼이 바뀌는 꿈을 꾸고 쓴 〈고양이의 하루〉, 마녀가 운영하는 시간 마법 가게에 방문한 꿈을 꾸고 쓴 〈시간을 파는 마녀〉, 학교 폭력 가해자들을 한데 모아 둔 무인도에서 피해자들이 주도적으로 게임을 개최하여 복수하는 꿈을 꾸고 쓴 〈가해자와 피해자가 뒤바뀐 세상에서는〉, 환경 오염으로 황폐화된 지구에 신인류가 출현하는 꿈을 꾸고 쓴 〈예지몽〉까지, 오랜 기간 창작에 갈증을 느꼈던 해나는 자신의 꿈을 이용해 창작욕을 불태웠고 내놓는 작품마다 대중들에게 폭발적인 반향을 불러일으키며 베스트셀러에 올랐다.

한편 태오는 다니던 회사를 그만두고 드림 레코드를 설립했다. 드림 레코드는 별다른 마케팅 전략 없이도 순식간에 입소문을 탔다. 꿈 사업은 드물었고 획기적이었다. 게다가 태오는 해나의 아이디어였던 '꿈을 기억하는' 것에서 한 단계 더 나아가 '꿈을 기록해 영상을 보여 주는' 기술까지 개발하며 사업을 확장했다. 꿈 기록을 마친 고객은 다음 날 따로 마련된 상영관에서 간밤에 꾼 꿈을 그대로 재현한 꿈 영상을 볼 수 있었다.

"분명 조상님이 나와서 로또 번호를 알려 줬는데 기억이 안 나요. 오늘은 꼭 안 놓치고 들으려고요."

"헤어진 남자 친구 꿈을 자주 꿔요. 남자 친구가 저한테 뭐라고 얘기를 하는데 잘 안 들려서……. 한번 제대로 들어보고 싶어요."

"우리 아기가 이제 100일 됐는데 잘 때마다 손발을 열심히도 꼼지락거리더라고요. 대체 무슨 꿈을 꾸는지 궁금해서 데리고 왔습니다."

"태몽 같은데 기억이 잘 안 나서요. 확실히 확인해 보고 싶어요."

"우리 설탕이도 꿈을 꾸는지 궁금해요. 동물도 꿈을 꾼다고 어디서 들은 것 같은데……."

사람들은 저마다의 이유로 드림 레코드를 찾았다. 꿈 일기를 기록하고, 친구들과 꿈 얘기를 나누고, 인터넷에서 해몽을 찾아보고, 똥 꿈이나 돼지꿈을 꾸는 날이면 무조건 복권을 사러 갈 만큼 '꿈'에 대한 관심이 높은 국민들이기에 드림 레코드가 빠른 속도로 성장하는 것은 어찌 보면 당연한 결과였다.

드림 레코드는 철저하게 예약제로만 운영했다. 그럼에도 폭증하는 수요를 따라잡기 힘들었고, 수요와 공급의 균형을 맞추는 과정에서 회사 측은 가격 인상을 단행할 수밖에 없었다. 이에 사악한 가격이라며 악평을 쏟아 내는 소비자들이 조금씩 생겨나기 시작했다. 하지만, 아이러니하게도 회사는 언제나 고객들로 넘쳐 났다.

드림 레코드는 돈을 쓸어 담았지만 태오는 만족스럽지 않았다. 모든 사람들에게 도움을 주는 발명품을 만들어 저렴한 가격에 배포하려던 게 애초의 목표였다. 그런데 어느 순간부터 드림 레코드는 돈 많은 사람들만 누리는 사치스러운 서비스가 되어 가고 있었다. 태오는 회장으로서 부끄럽고 찜찜했다. 그렇다고 임원들과 직원들의 의견을 깡그리 무시하고 자신의 뜻만 밀어붙일 수도 없는 노릇이었다. 그렇게 가격 문제로 며칠을 끙끙대며 고민하는 태오에게 해나가 의외로 간단한 해결 방법을 제시했다.

분기별로 사람들에게 무료 체험권을 제공하라는 것이었다. 태오는 무릎을 탁 치며 기뻐했고 회사 임원들도 이에 반기를 들지 않았다. 체험권 배포가 오히려 훌륭한 마케팅 전략이 될 수도 있다는 이유에서였다. 비싼 돈을 주고 서비스를 이용하는 고객들의 반발을 사지 않기 위해 체험권은 제한된 수량만 풀기로 했다.

효과는 대단했다. 무료 체험권을 제공하면서부터 드림 레코드는 다시금 사람들에게 호평받기 시작했다. 최대한 많은 사람에게 기회를 주고자 노력하는 태오의 진심이 어느 정도 닿은 듯했다. 체험권은 선착순이 아닌 무작위 추첨 방식으로 배포됐음에도 예매 경쟁은 인기 가수 콘서트 티켓 예약에 버금갈 정도로 치열했다. 분기별 체험권 신청 시기만 되면 사람들은 부리나케 홈페이지에 접속해 빛의 속도로 클릭해 가며 체험권을 신청했다.

신청자들이 몰리면서 드림 레코드는 매번 실시간 검색어 1위에 올랐다. 이에 따라 자연스럽게 임원들이 기대했던 인지도 상승효과도 누렸다. 회사는 날이 갈수록 유명해졌고 매출은 꾸준히 성장세를 기록했다. 태오는 '아무도 가 보지 않은 꿈 세계를 개척한 콜럼버스 기업가'로 불리며 이름을 날렸다.

드림 레코드는 이제 막 한글을 깨친 어린아이들도 알 만큼 거대한 기업으로 성장해 나갔다.

여름 이야기

✳

"짠!"

여름이 맥주잔을 들어 올렸다.

"짠. 고생했어."

마주 앉은 태우가 여름의 맥주잔에 잔을 부딪쳤다.

"크으……. 달다 달아. 3개월이 짧진 않았지만 그래도 뭐, 재밌었어!"

어린아이처럼 한껏 들뜬 목소리로 여름이 말했다.

여름은 어릴 적부터 꿈꾸는 걸 좋아했다. 잘 준비를 마치고 침대에 눕는 순간이 최고로 행복했다. 오늘은 또 어떤 재미있는 꿈을 꿀까 기대하다 보면 부푼 풍선처럼 설렘이 차오르고 마시멜로처럼 마음이 말랑해졌다. 꿈을 더 경험해보려고 드림 레코드에서 꿈 기록을 하고 꿈 치료도 받았다. 행복했던 꿈속 세상이 생생하게 펼쳐지는 영상에 여름은 완전히 압도되었다. 꿈을 통해 과거의 아픈 기억을 마주하고 앞으로 나아갈 힘도 얻었다.

그래서 대학 졸업 후 가슴이 시키는 대로 드림 레코드에 입사 지원했다. 결과는 합격이었다.

지난 세 달간 여름은 드림 레코드에서 인턴 과정을 마쳤다. 그리고 오늘, 아니 정확히는 내일부터 정직원으로 전환되어 출근하게 된다. 내로라하는 대기업에 들어간 것도 모자라 우수한 성적으로 인턴을 졸업한 여름이었다.

오늘 술자리는 남자 친구 태우와 함께 정직원 전환의 축배를 들기 위함이었다. 가볍고 시원한 마음만큼이나 시원한 맥주를 홀짝이는 여름은 유달리 신나 보였다. 그런 여름이 못마땅한지 태우는 한쪽 입꼬리를 말아 올렸다.

"재밌었겠지. 인턴이었으니까. 이제 고생길 시작이다."

좋은 자리에서 초를 치는 태우였지만 여름은 아랑곳하지 않았다.

"그런가? 그래도 드림 레코드에서 일하는 거 너무 좋아. 일하면서 좀 성숙해지는 것 같달까."

"성숙?"

"응. 인생이 뭔지, 어떻게 살아야 하는 건지 조금씩 감이 잡혀."

"푸하하!"

태우가 갑자기 실소를 터뜨렸다. 그러고는 거만한 얼굴로 말했다.

"여름아, 그 회사가 다루는 건 현실이 아니라 꿈이야 꿈. 꿈과 환상의 나라 같은 거라고. 그런 데서 뭐? 인생을 배운다고?"

여름은 별다른 대꾸 없이 맥주잔만 만지작거렸다. 좋은 기분을 망치고 싶지 않아서 되도록 곱게 나가려고 했다. 말 한마디에 틀어지는 게 사람 관계라는 걸 알기에 넘어가려고 했다. 하지만 무언가 답답하고 불편한 감정이 속에서 울컥거리기 시작했다. 동시에 지난 세 달간의 기억이 파노라마처럼 머릿속에 좌르륵 펼쳐졌다.

인턴으로 근무하면서 여름은 많은 사람의 아픔에 공감하고 함께 슬퍼했다. 드림 레코드에서의 꿈 기록은 단순히 기억나지 않는 꿈을 생생하게 재현해 주는 흥미로운 놀이 역할만 하지는 않았다. 하늘로 먼저 떠나보낸 자식이나 부모님, 친구, 애인을 다시 보고 싶어 이용권을 구매하는 고객도 적지 않았다. 거의 매일 밤 꿈에 나타나지만 잠에서 깨고 나

면 아스라이 사라져 버리는 얼굴을 한 번이라도 선명하게
눈에 담기 위해서였다.

꿈속에서는 모두가 함께였던 아름다운 이야기들이 별처
럼 쏟아졌다. 담당자로서 그 영상을 같이 지켜보는 여름은
안타깝고 슬펐지만, 한편으로는 죽어서도 잊히지 않는 존
재들이 부럽기도 했다. 자신도 누군가에게 그런 존재일 수
있을까 궁금했다. 노자가 말했듯 죽어서도 잊히지 않으면
그게 바로 영생이 아닐까 생각했다.

한편 어린 시절의 가정 폭력이나 학교 폭력으로 생긴 트
라우마를 극복하기 위해 드림 레코드를 찾아오는 고객들도
있었다. 그들에게 시간은 약이 아니었고, 아픈 기억은 가슴
깊숙한 곳에 잠복해 있다가 예상치 못한 순간에 용수철처
럼 튀어 올랐다. 그래서 그들은 드림 레코드를 방문했다. 무
의식 속에 꼭꼭 숨은 트라우마를 수면 위로 끌어내기 위해
서는 마찬가지로 꿈이라는 무의식이 필요했기에.

한때 학교 폭력의 피해자였던 여름은 그들의 아픔과 절
박함을 너무도 잘 알았다. 자신이 할 수 있는 일은 그저 몇
마디 위로와 친절한 응대뿐일지라도 주어진 역할에 최선을
다하고 싶었다. 지우개처럼 기억을 완전히 지워 주진 못해

도 쓰라린 상처에 연고 정도는 발라 주고 싶었다. 그래서 회사의 정해진 매뉴얼대로만 안내하고 상담하는 데서 그치지 않고 고객과 진심으로 소통했다.

3개월이라는 짧은 시간 동안, 여름과의 만남이 좋은 기억으로 남아 여름을 담당자로 콕 짚어 다시 꿈 기록에 도전하는 고객도 있었다. 덕분에 여름의 담당 평가도 높은 점수를 받았었다. 여름이 드림 레코드에서 일하면서 가장 좋았던 건 꿈 영상을 보고 난 후 조금은 후련해진 표정으로 상영관을 나서는 고객들을 보는 일이었다. 환상에서 깨어 다시 현실을 살아갈 용기를 얻은 듯한 표정에 여름은 안도했고, 뿌듯함을 느꼈다.

앞으로도 여름은 드림 레코드를 방문하는 수많은 고객과 마음을 나누며 그들과 함께 성장해 나가고 싶었다. 사람들과 에너지를 나누며 활력을 얻고 삶을 배우는 이 일이 너무 좋았다. 그야말로 직업 만족도 최상이었다. 여기까지는 다 좋았다. 문제는 딱 하나. 남자 친구란 놈이 이런 식으로 늘 딴지부터 걸어온다는 거였다.

이런저런 이유로 회사를 찾는 고객들이 슬픈 이야기를 꺼낼 때마다 그 아픔이 자신에게도 고스란히 전해져 온다고 여름이 속내를 털어놓을 때면 태우는 이렇게 대꾸했다.

"에이, 알아서들 잘하겠지. 우리 코가 석 잔데 귀찮게 뭘 남 일까지 신경 쓰고 그러냐. 일은 일로 대해야 맘 편한 거야. 인생은 원래 각자도생이라고."

정말이지 공감 능력이라곤 개미 똥만큼도 찾아볼 수 없는 남자 친구였다. 태우는 회사에서는 일만 잘하면 된다고 생각하는 철저한 개인주의자였다. 회사 밖에서는 절대로 회사 생각을 하지도, 회사 얘기를 꺼내지도 않았다.

태우가 회사 일로 크게 스트레스받지 않는 것은 어쩌면 이런 면 때문이 아닐까 생각도 했다. 하지만 자신에게만큼은 냉정한 사회인이 아닌 다정다감한 남자 친구로서 반응해 주길 여름은 기대했다. 그런데 다정함은 고사하고 태우는 한결같이 뇌를 거치지 않은 말들을 무신경하게 내뱉거나 여름의 말을 공격적으로 비꼬았다. 자신에게 엄청난 영향을 주고 있는 회사 생활을 연인과 터놓고 공유할 수 없다는 사실이 여름을 목마르게 했다.

회사 동료만도 못한 남자 친구의 무심함을 지켜보며 쌓여 왔던 모든 감정들이 지금 이 순간, 보글보글 거품을 이며 목구멍을 타고 올라왔다. 여름은 감정을 누르려 주먹을 꽉 쥐었다. 하지만 맥주 탄산과 함께 솟구친 감정은 결국 입 밖으로 튀어나오고 말았다.

"꼭 그렇게 말해야 속이 시원해? 한두 번도 아니고."

순간 포크로 치킨 살을 골라내던 태우가 손을 멈칫했다.

"갑자기 왜 발끈하고 그래. 난 그냥 네가 너무 환상에만 젖어 있는 거 같아서 그렇지."

"꿈은 무의미한 게 아니야. 환상적이기만 한 것도 아니고. 사람들 대부분은 현실에 기반한 꿈을 꿔. 꿈과 현실은 긴밀하게 연결되는 관계라고. 꿈에선 현실이 비유적으로 표현되니까 눈치채지 못할 뿐이지."

여름은 지지 않고 맞받아쳤다. 애사심 넘치는 드림 레코드 일원으로서 꿈과 관련된 수많은 논문과 지식을 바탕으로 조목조목 반박하고 싶었지만 꾹 참고 이쯤 하기로 했다.

"알겠어, 알겠어. 진정하고 짠 하자."

언제나 그랬듯, 태우는 능구렁이 모드로 빠르게 전환하며 해맑게 잔을 들어 올렸다. 상황이 불리해지거나 진지해지는 걸 못 견디는 성격 탓이었다. 태우의 태세 전환에 여름은 혀를 내두르며 고개를 홱 돌려 버렸다. 그리고 분한 콧김을 씩씩 내뿜었다.

여름은 대체로 무던하고 잘 참는 성격이지만, 한번 삐지
면 지독한 삐순이가 된다. 참을 만큼 참았으니까 터진 화는
정당해진다. 의외로 단순해서 지체 없이 화를 풀어 주면 뒤
끝도 안 남지만 모른 척 내버려 두면 감정의 골은 깊어지고
만다. 장장 5년을 만난 태우가 그걸 모를 리 없다. 여름의
가족보다도 여름을 더 잘 아는 그였다. 태우는 곧장 벌떡 일
어나서 여름 옆에 바짝 붙어 앉았다. 자연스럽게 여름의 어
깨에 팔을 두르고 다른 손으로 여름의 볼을 꼬집었다.

"귀여워 가지고. 삐지면 더 귀여운 거 알고 일부러 이러는
거지?"

"됐거든."

"미안해애. 아, 내가 미안하다니까. 화 풀어라. 응?"

태우가 이번에는 여름의 손을 잡고 비는 시늉을 했다. 화
난 여름을 풀어 주는 그만의 애교 전략 1단계였다. 누가 봐
도 전혀 미안하지 않은 얼굴에 가벼운 말투였지만, 그래도
여름은 태우의 이런 면이 싫지 않았다. 매사에 너무 진지하
기만 한 자신에게는 장난스럽게 긴장을 풀어 주는 태우 같
은 남자 친구가 제격이라고 생각했다.

"안 되겠다. 나 때려, 자!"

애교 전략 2단계. 태우는 잡고 있던 여름의 손을 자기 얼굴 앞으로 가져갔다. 그러고는 여름의 손으로 자신의 얼굴을 때리는 척했다. 태우에게 잡힌 여름의 가느다란 손이 팔랑팔랑 앞뒤로 흔들렸다. 여름은 끝내 풋, 웃음을 터뜨리고 말았다. 그 순간을 놓칠 태우가 아니었다.

"웃었다! 풀린 거지? 응? 귀요미!"

태우는 여름의 볼에 쪽, 하고 뽀뽀했다. 이어 자신만만한 얼굴로 여름의 허리에 팔을 두르더니 다른 손으로 맥주를 벌컥벌컥 들이켰다. 마치 성공적으로 퀘스트를 마친 게임 유저 같았다. 태우와 여름의 싸움은 이렇듯 항상 태우의 장난스러운 스킨십으로 마무리되곤 했다.

"아, 그리고 나 부탁이 있는데."

잠시 후, 태우가 사뭇 진지한 표정으로 말을 꺼냈다. 여름의 눈이 동그래졌다.

"부탁? 뭐?"

"전에 내가 말했던 거 있잖아."

"뭐…… 아, 혹시 체험권?"

태우가 대답 대신 고개를 세차게 끄덕였다. 눈동자는 기대감으로 가득 차 있었다. 부담스러울 정도로 반짝거리는 태우의 눈을 본 여름은 순간 난처해졌다. 이걸 어쩐담……. 여름은 말없이 맥주잔을 만지작거렸다. 맥주잔 표면에 맺힌 차가운 물방울이 여름의 손을 적시며 테이블 위로 주르르 흘러내렸다.

드림 레코드 정직원이 되면 축하 선물로 꿈 기록 무료 체험권이 나오고, 그 후로는 해마다 여섯 장의 체험권이 꾸준히 나온다. 복지 차원에서 제공하는 직원용 체험권은 외부인들의 체험권과 달리 지인 양도도 가능하다. 태우는 자신은 꿈을 꾸지 않는다고 믿었다. 하지만 여름이 드림 레코드에 관해서 이야기할 때마다 내심 자신도 꿈을 꾸는지 궁금했다. 비싸서 쉽게 접하기 힘든 꿈 기록을 무료로 체험할 수 있다는 점도 태우의 마음을 움직였다. 그래서 "체험권 생기면 나도 주는거지?" 하고 여름에게 넌지시 말한 적도 몇 번 있었다.

하지만 이번에 받게 될 체험권만큼은 얘기가 달랐다. 드림 레코드 정규 직원으로서 처음 나오는 체험권은 여름에게도 의미가 컸다. 물론 꿈 기록이 처음은 아니었지만, 바쁜 일상에서 비싼 돈을 줘 가며 꿈 기록을 할 여유는 없었기에 여름도 몇 년 동안 하지 못했다. 그래서 이번 체험권은 자신

이 꼭 사용하고 싶었고, 첫 체험권을 노리는 지인들의 부탁
도 완곡하게 잘 거절했지만 사랑하는 남자 친구의 부탁은
어쩐지 거절하기가 쉽지 않았다.

"음, 그게……."

여름은 관자놀이를 긁으며 마땅한 거절 멘트를 고민했
다. 남자 친구의 부탁을 거절하려니 죄지은 사람처럼 괜히
마음이 무거웠다. 평소 태우의 부탁이라면 오냐오냐 그래
그래 받아 주기만 했던 너그러운 여름이었다. 그런데 지금,
선뜻 오케이를 하지 않고 고민하는 여름의 모습에 태우는
어리둥절해졌다.

"왜? 어려운 부탁 아니잖아. 돈 드는 것도 아니고."

"그건 그렇지. 근데 이번 체험권은 내가 쓰고 싶어. 다음
건 꼭 너 줄게."

태우의 재촉에 여름은 결국 솔직한 마음을 더듬더듬 꺼냈
다. 다음 체험권을 주겠단 솔깃한 제안도 덧붙였다. 동시에
여름은 생각했다. 이 정도면 괜찮은 거절이었다고, 언제나
양보하는 쪽은 자신이었으니 태우도 이번만큼은 한발 뒤로
물러날 거라고 내심 믿었다.

하지만 태우는 생각보다 이기적이었고, 여름의 명백한 거

절에도 물러설 맘이 없었다. 원하는 게 있으면 물불 가리지 않고 얻어 내야만 직성이 풀리는 남자였다. 상대가 누구든 중요하지 않았다. 태우는 재빨리 머리를 굴렸다. 단호한 여름의 표정을 보아하니 떼를 써 봤자 통할 것 같지 않았다. 좀 더 논리적인 설득이 필요했다. 결국 태우는 여름의 마음을 움직일 만한 강력한 한 방을 날렸다.

"나 곧 생일이잖아."

태우의 말에 여름의 눈빛이 살짝 흔들렸다.

"어? 어. 그렇지."

"체험권만큼 특별한 생일 선물은 없을 것 같은데. 다음 체험권 나오는 거 기다리려면 이번 생일은 지나갈 거고, 그러니까 첫 체험권은 이 사랑하는 남친한테 선물하는 게 어때?"

"어…… 음……."

여름은 망설이는 얼굴로 입술을 달싹였다. 하지만 이미 '생일' 발언으로 자신감을 되찾은 태우는 기세등등하게 설득을 이어 갔다.

"에이, 너답지 않게 왜 그래. 넌 받는 것보다 주는 데서 행복을 느끼는 애잖아. 막상 거절하고 집 가면 찝찝해할 거면서. 그리고 뭐, 너한테 체험 기회가 이번 한 번뿐이야? 아니잖아. 설령 나랑 헤어진다고 해도…… 아니, 이건 실수. 아무튼 그 회사 다니는 동안 너는 체험권 계속 받잖아. 그 좋은 회사를 당장 때려치울 것도 아니고. 안 그래?"

제 딴엔 제법 이성적인 논리를 펼치면서 태우는 여름을 계속 부추겼다. 사실 태우의 말이 여름에겐 와닿지 않았다. 되는대로 쏟아 내는 횡설수설로 들렸고, 무조건적인 희생을 바라는 이기적인 말로도 들렸다. 그러나 태우가 어떤 말을 덧붙인대도 여름은 '생일'이라는 말 앞에서 이미 설득당하고 만 상태였다. 여름은 이기적일 줄 몰랐다. 그런 여자 친구였다. 그래, 다른 날도 아닌 생일인데……. 이렇게 생각하면서도 여름은 저도 모르게 작은 한숨이 터져 나왔다.

"휴. 알겠어."

"진짜? 진짜지?"

"그래. 회사에서 받는 대로 줄게."

"역시 우리 귀요미밖에 없다니까!"

태우는 그제야 잇몸을 환하게 드러내며 웃었다. 그리곤 여름을 와락 껴안았다. 힘이 잔뜩 들어간 두 팔 안에서 여름이 바둥댔다.

"캑캑. 숨 막혀!"

"쪼그매 가지고 아주 쏙 들어오네, 우리 귀요미."

여름이 눈을 흘기며 뽀로통하게 입술을 쭉 내밀었다.

한편으로는 신기했다. 지금껏 5년을 사귀면서 이렇게 들뜬 태우의 모습은 처음이었다. 치킨 조각 하나를 앞접시에 옮기면서 여름은 속으로 생각했다.

'그래. 이렇게 좋아하는데 내가 양보하지 뭐. 이런 얼굴을 또 언제 보겠어. 어휴, 내가 널 어찌 이기겠니…….'

*

일주일 후, 드디어 태우의 꿈 기록 체험 날이 되었다.

그동안 여름은 눈코 뜰 새 없이 바쁜 하루하루를 보냈다. 인턴 때는 주로 업무를 보조하는 허드렛일을 많이 했다면, 정직원이 된 지금은 굵직한 프로젝트들에도 합류하면서 역할과 책임이 제법 무거워졌다.

오늘은 바쁜 와중에도 태우 생각에 마음이 붕붕 떴다. 남자 친구를 회사에서 본다고 생각하니 괜히 기분이 이상하고 들떴다. 나만 아는 비밀스러운 공간에 은밀히 누군가를

초대하는 느낌이었다.

"여기!"

띡, 여름이 사원증을 찍고 로비로 나오자 익숙한 목소리가 울려 퍼졌다. 돌아본 곳에는 커다란 쇼핑백을 양손에 든 태우가 환한 얼굴로 서 있었다. 쇼핑백 안에는 태우가 평소에 쓰는 베개와 이불 그리고 잠옷이 들어 있었다. 여름이 미리 일러 준 준비물이었다.

한쪽 손에 서류철을 든 정장 차림의 여름은 또각또각 구두 소리를 내며 태우 쪽으로 걸어갔다.

"왔어?"

"응. 이야, 회사 진짜 좋다! 궁궐 같아!"

"다 들겠어. 쉿."

마이크를 찬 듯 우렁찬 태우의 목소리에 놀란 여름은 서둘러 주위를 살피며 집게손가락을 입술에 올렸다. 그러곤 못 말리겠다는 표정으로 피식 웃었다. 여름은 태우의 회사 칭찬이 내심 듣기 좋았다. 그럼 그럼, 어떻게 들어온 회사인데, 무려 200대 1의 경쟁률을 뚫고 입사한 거라고, 이렇게 생각하니 은근한 자부심이 올라왔다.

여름은 태우와 조금 떨어진 채로 앞장서서 걷기 시작했

다. 쇼핑백을 든 태우가 뒤뚱거리며 얼른 여름의 뒤를 따랐다. 로비부터 남다른 회사 인테리어가 신기한지 태우는 걸으면서도 이곳저곳 열심히 두리번거렸다. 여느 회사들의 폐쇄적이고 삭막한 회색 로비와 달리, 드림 레코드 로비는 아이보리 톤 원목 인테리어로 밝고 따뜻한 느낌이 났다. 특히 1층부터 3층까지 하나의 공간인 것처럼 천장이 트여 있는 구조라 압도적인 개방감이 들었다.

"안녕하세요. 이쪽은 제 일행이에요. 오늘 꿈 기록 체험하기로 해서요."

여름이 경비원에게 태우의 체험권을 보여 주었다. 경비원은 여름의 사원증, 체험권 그리고 태우를 한 번씩 훑어보더니 출입구를 개방해 주었다.

"감사합니다. 수고하세요."

여름과 태우는 차례대로 출입구를 통과했다.

"체험은 3층에서 할 거야. 엘리베이터 탈래? 아님 에스컬레이터?"

"당근 에스컬레이터지! 구경하면서 갈래."

태우는 단 1초의 망설임도 없이 에스컬레이터를 선택했다. 둘은 곧 로비 중앙에 있는 에스컬레이터에 올라탔다. 태우는 눈을 크게 뜨고 주변을 구경하느라 정신이 없었다.

"건물 진짜 으리으리하다. 2층은 뭐야?"

태우의 질문에 여름이 빙긋 웃으며 설명했다.

"직원 휴게 공간. 지하에는 창고, 은행, 직원 전용 헬스장, 구내식당…… 뭐 그런 것들 있고, 3층은 고객 상담실이랑 상영관이고, 4층부터는 사무실."

둘은 2층에서 3층으로 올라가는 에스컬레이터로 천천히 갈아탔다.

"오오, 여기 2층 전체가 직원 휴게 공간이라고? 회사 복지 끝내준다."

태우는 2층에 빽빽하게 들어차 있는 휴게실 문들을 바라보며 감탄했다. 다양한 색깔로 칠해진 알록달록한 파스텔 톤 문들이 가득했다. 문득 젤리빈이 떠오르는 태우였다. 많은 사람들이 오가는 분주한 1층에 비하면 2층은 휴게 공간이라 그런지 확실히 고요하고 평화로운 느낌이었다.

드림 레코드는 오직 '1인 휴게실'만을 취급했다. 쉴 때 방해받지 않고 쉬어야 하며, 창의적인 아이디어는 억지로 쥐어짠다고 나오는 게 아니라 편히 쉬는 시간에 자연스럽게 샘솟는 것이라는 한 회장의 뚜렷한 경영 철학 때문이었다.

2층에는 1인 휴게실만 무려 50개가 넘게 들어서 있는데, 각 휴게실에는 1인용 침대 하나와 안마 기계가 놓여 있다. 모든 직원은 언제든지 자유롭게 2층으로 내려와서 휴식을 취할 수 있다.

"우리 회사 복지가 끝내주긴 하지. 꿈을 다루는 회사니까 직원들도 잘 쉬고 잘 자야 한대. 그래서 우린 회식도 일절 금지야."

"으아. 부러우면 지는 건데 부러워 죽겠다."

"불면증 걸리면 심리 치료도 지원해 줘. 평소에는 심신 안정이나 숙면에 도움 되는 영양제 같은 것들도 많이 선물해 주고."

"나도 좀 주라, 영양제."

물 만난 듯 회사 자랑으로 쫑알거리는 여름의 옆구리를 태우가 간지럽히듯 콕콕 찔렀다. 여름은 몸을 배배 꼬며 기겁했다.

"간지러어!"

장난을 주고받는 사이, 에스컬레이터는 어느새 2층 절반을 훌쩍 넘어서 3층에 거의 다다랐다. 서서히 3층 전경이 시야에 들어왔다.

"오오, 여기……."

"예쁘지?"

에스컬레이터에서 내린 태우는 입이 절로 벌어졌다. 당연한 반응이라는 듯 여름은 흐뭇이 미소 지었다.

"와 씨, 뭔 동화 속 같네."

홀린 듯한 표정으로 주위를 두리번거리며 태우는 느릿느릿 걸음을 옮겼다.

"천천히 구경해."

여름은 태우에게 속도를 맞춰 걸었다.

한 회장은 드림 레코드 사옥이 꿈을 꾸는 공간다웠으면 했다. 그래서 각 층마다 콘셉트에 맞게 다채로운 인테리어로 꾸며 놓았는데, 그중 가장 공들인 층이 바로 이곳 3층이었다. 부푼 기대를 안고 회사를 방문하는 고객들을 위한 꿈의 공간, 동심이 살아 숨 쉬는 공간, 감동이 있는 공간. 그런 특별한 공간을 만들고 싶었던 한 회장은 꿈속에서나 만나 볼 수 있을 법한 독특하고 신비로운 숲속 배경을 가꿔 냈다.

3층에 도착하면 제일 먼저 보이는 것은 천장까지 닿아 있는 거대한 고목이다. 그 뒤로는 초록빛 잔디가 널따랗게 펼쳐진다. 중앙으로는 걸어 다닐 수 있는 돌길이 구불구불 나

있다. 곳곳에는 다람쥐와 토끼 같은 아기자기한 동물 조각 품들이 놓여 있고, 도끼로 막 베어 만든 것 같은 동글동글한 통나무 의자들도 있다. 아무렇게나 듬성듬성 배치된 나무 의자들은 오히려 동화 속 마을처럼 매력적인 느낌을 준다. 벽과 천장에는 가지각색 화려한 꽃 장식들이 보석처럼 알알이 박혀 있다. 공간 전체를 비추는 은은한 간접 조명이 더해지면서 몽환적이고 황홀한 분위기를 완성한다.

"넌 이런 걸 매일 보면서 일하는 거야? 진짜 대박이다, 여기."

넋 놓고 구경하던 태우가 통나무 의자 하나를 툭 건드리며 말했다.

"나도 처음엔 에스컬레이터만 탔어. 여기 한 번 더 보려고."

여름이 가볍게 웃으며 말했다.

"이제 그만 가자. 늦겠다."

시간을 확인한 여름이 성큼성큼 걸음을 옮겼다. 태우는 엄마 오리를 쫓는 새끼 오리처럼 여름의 뒤를 졸졸 따라갔다.

푸른 숲속 느낌의 전체 인테리어와 어우러지는 진한 초록색 문 앞에 여름이 멈춰 섰다. 문에는 '접수실'이라고 쓰인 작은 나무 간판이 붙어 있었다. 여름은 익숙한 손짓으로 황금색 문고리를 부드럽게 잡아당겼다. 문 색깔처럼 온통 진초록인 공간이 눈앞에 펼쳐졌다. 벽면에 설치된 노란색 간접 조명들이 가로등 불빛처럼 방 안 곳곳을 아늑하게 비추고 있었다.

"어, 여름 씨!"

접수대 너머에 앉은 여직원이 밝게 웃으며 여름을 반겼다. 이어 여름 뒤에 서 있는 태우를 발견하고는 조심스럽게 물었다.

"혹시 오늘 온다던 남자 친구 분?"

"맞아요."

여름의 얼굴에 수줍은 미소가 어렸다.

"안녕하세요! 드디어 뵙네요. 얘기 많이 들었어요."

"아, 처음 뵙겠습니다."

여직원이 자리에서 살짝 일어나 인사를 건네자 태우도 꾸벅 고개를 숙였다. 사진 봤었는데 실물이 훨씬 멋지세요, 아이 뭘요, 감사합니다. 같은 형식적인 인사가 잠시 이어졌다.

"여름 씨가 상담 진행하는 거죠?"

"네에."

여름이 태우를 데리고 접수대 뒤에 마련된 작은 상담실로 들어갔다. 그리고 상담실 테이블 위에 놓인 회색 서류함을 여는 동안, 태우는 테이블 의자 하나를 끌어당겨 앉았다.

"뭐야 여긴? 상담하게?"

태우가 꼰 다리를 흔들면서 물었다.

"별건 아니고, 그냥 간단한 설문지 작성하는 거야. 자."

여름이 서류함에서 종이 한 장을 꺼내 볼펜과 함께 내밀었다. 설문지 위쪽에는 간략한 인적 사항을 적는 난이 있었고, 그 밑으로는 수면과 관련된 질문들이 주르르 이어졌다.

·평소 수면 시간 :

·평소 수면 시간이 8시간 미만이라면 주된 이유는? :

·취침 직전 핸드폰 사용 시간 :

·수면 습관 (몸 뒤집기, 코골이, 몽유병 등) :

·수면의 질을 높이기 위해 노력하고 있는 점 :

·꿈을 꾸는 빈도 :

·주로 꾸는 꿈의 종류나 내용 :

·꿈 기록 경험 여부 :

·꿈 기록을 하는 목적 :

·이번 꿈 기록을 통해 기대하는 점 :

설문지 작성을 마친 뒤, 둘은 드디어 '꿈 기록실 8' 앞에 섰다. 꿈 기록실은 총 10개로, 3층 제일 외진 곳에 자리 잡고 있어서 기록자가 외부 소음 방해 없이 편안하게 숙면할 수 있다.

여름이 상체를 살짝 기울이자, 문에 달린 직사각형 도어록 센서 화면이 탁 켜지더니 여름의 얼굴과 홍채를 스캔했다. 오르락내리락 천천히 움직이던 빨간색 줄이 곧 초록색으로 바뀌었다. 잘가닥, 하고 잠금이 풀리는 소리가 났다. 여름은 문고리를 잡아당겼다.

"들어가자."

"오, 여기도 좋다."

태우는 신발을 벗자마자 바닥에 쇼핑백을 내려놓고는 어슬렁어슬렁 기록실 안을 둘러보았다.

일반 호텔과 다를 바 없이 커다란 침대, 일인용 크림색 소파와 티 테이블, 벽걸이 TV, 작은 화장실이 전부였지만 공간을 특별하게 만드는 것은 따로 있었다. 바로 창문이었다.

방에 들어서는 순간 정면으로 보이는 거대한 통유리창이 단숨에 시선을 압도했다. 건물 자체가 워낙 높은 지대에 있어서 3층이지만 30층 못지않은 전망을 자랑했다. 통유리창 너머로 스스로 빛을 내는 화려한 도시의 전경이 훤히 내다보였다. 뉘엿뉘엿 해가 넘어가는 하늘에 진분홍빛 노을이 번지기 시작했다. 공간 전체를 감싸는 은은한 아로마 향이 코 아래에 퍼지면서 마음을 편안하게 했다.

쾌적하고 깔끔하고 여유로운 공간이었다.

"장난 아니다. 뷰 맛집이네 여기."

태우는 창문 앞에 서서 한동안 밖을 내다보며 감탄했다. 여름도 침대 끝에 걸터앉아 잠시 창문 밖 풍경을 멍하니 감상했다.

"이런 데서 살고 싶다 너랑."

태우가 여름 옆으로 다가와 털썩 앉았다.

"우리 돈 많이 벌어야겠네."

여름이 손을 깍지 끼고 앞으로 쭉 뻗어 스트레칭하면서 피식 웃었다. 그때, 손목에서 스마트워치가 부르르 울렸다. 팔을 접어 메시지를 확인한 여름은 자리에서 벌떡 일어났다.

"이제 가야겠다. 사무실 호출 떴어."

"벌써? 좀만 더 있다 가지."

양손을 뒤로 짚은 태우가 아쉬운 목소리로 말했다.

"안 돼. 나 회의 있어. 곧 퇴근 시간이기도 하고."

"쳇. 빡빡하구먼. 그럼 한 번 안아 주고 가."

태우가 여름을 향해 두 팔을 벌렸다.

"안 돼."

"아, 왜 또."

태우가 미간을 찌푸리자 여름이 조용히 천장 한쪽을 가리켰다. 구석에 CCTV 하나가 달려 있었다.

"엥. CCTV가 왜 있어?"

"수면 습관도 체크해서 상담하거든. 자기도 모르는 습관이 있을 수 있어서 촬영하는 거야. 화장실은 카메라에 안 잡히니까 화장실 가서 옷 갈아입으면 되고."

"흠······."

태우는 마음에 안 든다는 듯 입술을 삐죽 내밀었다.

"몇 가지만 설명해 주고 갈게."

업무 모드로 돌변한 여름이 서류철을 훑어보면서 말을 이었다.

"좀 이따 회사 영양사가 저녁 갖다줄 거야. 밥 먹고 텔레비전 보고 핸드폰도 하면서 쉬면 돼. 근데 11시 되면 자동으로 암막 커튼도 닫히고, 텔레비전도 꺼지고, 전체 소등될 거야. 온도랑 습도도 자동으로 조절되니까 아무것도 신경 쓸 필요 없고, 그냥 잘 자는 데만 집중하면 돼. 그리고 또…… 아, 잠들기 전에 핸드폰 너무 오래 하진 말고. 숙면에 방해되니까."

여기까지 말한 여름이 침대 옆 서랍에서 무언가를 꺼냈다. 인터넷 공유기처럼 생긴 네모난 검은색 기계에 가늘고 기다란 선이 2개 달려 있었다.

"오, 그거 설마 꿈 기록하는 기계야?"

태우의 눈동자가 호기심으로 반짝거렸다.

"응. 이게 제일 중요하니까 절대 잊으면 안 돼. 자기 전에 이 선들을 양쪽 관자놀이 부위에 하나씩 붙이고 자면 돼. 이거, 종이 떼고 살에 붙이면 웬만해선 안 떨어질 거야. 접착력이 좋거든."

여름이 선 끝에 붙어 있는 콩알만 한 종이 스티커를 가리키며 말했다.

"그래도 혹시 모르니까 오늘은 너무 뒤척이지 말고 최대한 바른 자세로 자려고 신경 좀 써. 이제 푹 쉬면 되고……
참, 내일 몇 시에 일어날 거야? 일찍 일어나야 되면 시간 맞
춰서 출근할게 나도."

"나 연차 썼잖아. 늦게 나가도 되니까 내일 너 출근하면
와서 깨워 주라."

그때 여름의 스마트워치가 또 한 번 울렸다.

"그래그래. 나 진짜 가야겠다."

서둘러 신발을 신은 여름이 문고리를 잡았다.

"여름아."

"응?"

여름이 문고리를 놓고 뒤돌아봤다.

"이거 기록, 잘 될까? 나 꿈 거의 안 꾸잖아."

태우 얼굴에서 평소와 다른 진지함이 묻어났다. 꿈도 잘
안 꾸는데 괜히 여길 온 건 아닐까 걱정하는 눈치였다. 여름
은 설핏 웃으며 대답했다.

"세상에 꿈을 안 꾸는 사람은 없어. 기억을 못 할 뿐이지.
그러니까 걱정하지 말고 좋은 꿈 꿔. 사랑해!"

여름이 떠나고 혼자 남은 태우는 오랜만의 여유를 만끽
했다. 침대 헤드에 기댄 채 창문 밖 노을을 바라보며 천천히

감상에 젖었다. 블라인드가 내려가듯 서서히 내려앉던 노을은 진분홍빛에서 황홀한 보랏빛으로 바뀌면서 절정에 이르는가 싶더니, 어느새 어둠 속에 섞여 자취를 감추었다. 이어서 화려한 도시 야경이 등장해 번쩍번쩍 존재감을 뽐냈다. 검은 하늘과 검은 한강을 수놓는 도시 불빛은 마치 우주에서 쏟아지는 별들 같았다.

"흐ㅇㅇㅇㅇ."

그제야 정신이 돌아온 듯 태우는 기지개를 쭉 켜고는 침대에서 일어났다. 집에서 가져온 이불을 침대 위에 올려 두고 샤워를 했다. 편한 잠옷으로 갈아입은 태우는 침대에 벌러덩 드러누웠다.

오늘 해야 할 일이 '잘 자는 일'뿐이라니. 이런 여유를 가져 본 게 얼마 만인지. 흐흐. 대자로 누운 태우는 실실 웃음이 새어 나왔다.

몇 시간이 지났을까. 혼자 텔레비전을 보고 핸드폰도 하며 하릴없이 뒹굴뒹굴하는 것도 슬슬 지겨워질 무렵이었다. 방 안 스피커에서 '딩동댕동 딩딩동' 하는 알림음이 울려 퍼졌다.

"정태우 고객님. 저녁 식사 왔습니다. 문을 열고 가져가 주세요."

낯선 여자의 정중한 목소리가 이어졌다.

"오! 맞다. 저녁 준댔지?"

태우는 침대에서 벌떡 일어나 방문을 향해 달려갔다. 달
각, 문을 열자 흰색 가운을 입은 여자가 나타났다. 여름이
얘기한 회사 영양사인 듯했다. 영양사는 활짝 웃으며 음식
이 담긴 쟁반을 건넸다.

"안녕하세요, 고객님! 저녁 식사예요."

"어, 네……."

영양사 얼굴을 본 순간, 태우의 동공에 지진이 일었다. 생
각보다 영양사가 너무나 젊고 예뻤다. 짙은 쌍꺼풀과 눈 밑
에 박힌 점이 매력적으로 느껴졌다. 화사하게 핀 얼굴 뒤로
눈부신 후광이 비쳤다. 태우는 저도 모르게 벌어지는 입을
애써 단속하며 아무렇지 않은 척 쟁반을 받았다.

"감사합니다."

"맛있게 드세요. 행복한 꿈 꾸시고요."

상냥한 미소를 지어 보이곤 영양사가 돌아섰다. 그저 고
객들을 대할 때 습관적으로 나오는 서비스용 미소일지도
몰랐다. 그러나 태우에게는 그녀의 미소가 색다른 의미로

다가왔다.

"저기요."

태우의 입에서 뇌를 거치지 않은 말이 툭 튀어나왔다.

"네?"

영양사가 몸을 돌렸다.

"혹시 남자 친……."

태우는 순간적으로 말꼬리를 흐렸다. 아차 싶었다. 재빠른 판단이 선 태우는 하려던 말을 꿀꺽 삼켜 버렸다.

"아, 아니에요. 늦은 시간까지 고생하신다고요."

"오늘 당직이라서요. 감사합니다!"

잠시 휘둥그레졌던 영양사의 눈이 금세 반달처럼 휘었다. 영양사는 방긋 웃어 보이곤 뒤돌아 자리를 떴다.

"휴, 큰일 날 뻔했네."

방 안으로 들어온 태우가 쟁반을 테이블에 올려 두면서 혼잣말을 중얼거렸다.

'혹시 남자 친구 있어요? 실례가 안 된다면 번호 좀 알려 주세요.'

하마터면 이렇게 말해 버릴 뻔했다. 여름이 다니는 회사 안에서 말이다. 마냥 들떠서 아무 생각 없이 번호를 물어봤다면, 그 얘기가 여름의 귀에 들어가기라도 했다면…… 으으으. 상상할수록 등골이 오싹해졌다.

태우는 고개를 절레절레 내두르고는 소파에 앉았다.

"뭐야, 이걸 누구 코에 붙이라고……."

그제야 쟁반에 담긴 음식이 눈에 들어왔다. 따뜻한 우유, 체리와 아몬드 한 움큼이 전부였다. 실망한 태우는 투덜거리며 우유 컵을 집어 들었다. 그 순간 컵에 가려져 있던 작은 포스트잇 하나가 팔랑이며 모습을 드러냈다. 눈이 커진 태우는 얼른 컵을 내려놓고 포스트잇을 떼서 읽어 보았다.

'고객님, 숙면에 도움이 되는 음식들입니다. 잠들기 전에는 소식하는 것이 좋습니다. 맛있게 드시고 편안한 밤 되세요♡'

또박또박 바른 글씨로 적힌 편지를 읽으며 태우의 입꼬리가 멋대로 씰룩거렸다. 편지 끝에 붙은 하트가 문제였다. **뿅뿅뿅 뿅뿅뿅 뿅뿅뿅뿅**. 작은 하트는 순식간에 수백 개로 늘어나더니 공기처럼 방 안을 둥둥 떠다니며 잠들 때까지 태우를 설레게 했다.

다음 날 아침, 여름은 출근하자마자 태우가 있는 꿈 기록실로 향했다. 시간 맞춰 자동으로 열린 블라인드 덕에 눈부신 아침 햇살이 기록실 안을 온통 점령하고 있었다.

"자기, 일어나야지 이제."

"……."

깊게 잠든 태우는 아무 반응이 없었다. 여름은 태우의 몸을 흔들어 깨웠다.

"일어나라니까?"

"음…… 5분만. 일로 와."

눈도 제대로 못 뜬 태우가 습관처럼 여름을 끌어당겨 품에 안았다. 갑작스러운 포옹에 당황한 여름이 파닥거리며 몸부림치자 태우는 무의식적으로 팔에 힘을 줬다. 여름은 찰싹찰싹 태우 팔을 때려 가며 품에서 겨우 벗어났다.

"CCTV 있다니까, 바보야!"

"아…… 그랬나."

빨갛게 상기된 얼굴로 여름이 소리치자, 태우는 심드렁하게 하품했다.

"흐아아아암……."

"잠 못 잤어?"

"그냥 뭐, 적당히 잤어. 몇 시야?"

"10시 반. 11시까지 씻고 나갈 준비해. 응? 또 자지 말고. 나 사무실 좀 올라갔다 올게."

여름이 태우 얼굴에 붙은 선들을 능숙하게 제거하면서 말했다.

"……."

태우는 일어날 기미가 안 보였다. 꿈 기록 기계를 챙겨 밖으로 나가려던 여름은 짧은 한숨을 내쉬었다. 다시 돌아와 태우의 이불을 확 걷어 버리고 나서 기록실을 나섰다. 태우는 그제야 거북이처럼 느릿느릿 일어나서 씻고 나갈 준비를 마쳤다.

"준비 다 했지?"

정확히 30분 뒤에 여름이 돌아왔다. 침대에 걸터앉아 핸드폰을 하고 있던 태우는 핸드폰 자판을 톡톡톡 두드리며 대답했다.

"어어."

"폰 그만하고 이제 가자."

여름이 재촉하자 태우는 핸드폰을 뒷주머니에 쑤셔 넣고는 어기적어기적 현관으로 걸어가 신발을 대충 구겨 신었다. 여름은 놓고 간 물건이 없는지 기록실 내부를 한번 쓱 둘러본 뒤에 불을 껐다.

"여기야."

잠시 후 둘은 '꿈 상영관' 앞에 도착했다. 익숙한 도어 락 센서가 여름의 얼굴과 홍채를 스캔했다. 문을 열고 들어가자 온통 어둠뿐인 공간이 펼쳐졌다. 적막이 흐르는 가운데 태우가 불빛을 찾아 고개를 돌리는 사이, 여름은 성큼성큼 안쪽으로 걸음을 옮겼다. 곧이어 움직임을 감지한 전체 조명이 탁, 켜지며 칠흑같이 어둡기만 하던 공간이 모습을 드러냈다.

"오……."

검정으로 색을 맞춘 벽, 은은한 조명, 초대형 스크린, 넓은 간격으로 배치된 푹신한 일인용 가죽 소파들까지, 마치 소규모 프리미엄 영화관 같았다.

"좀 좁긴 해도 나름 영화관 느낌 나지?"

상영관 안을 둘러보며 감탄 중인 태우를 향해 여름이 물었다.

"완전. 그냥 영화관인데 여기?"

태우가 맨 앞줄 가죽 소파에 풀썩 앉으며 말했다.

"아으, 내 방 침대보다 편하네. 진짜 좋다."

여름이 피식 웃으며 스크린 쪽으로 걸어갔다. 그리곤 주머니에서 USB를 꺼내 스크린 밑에 있는 기계에 꽂았다.

"근데 기록된 게 있으려나. 나 어제도 꿈 안 꿨는데……."

태우가 걱정스러운 표정으로 중얼거렸다.

"보면 알겠지."

여름이 싱긋 웃고는 태우 옆자리로 빠르게 걸어갔다. 여름이 자리에 앉자마자 상영관 조명이 한꺼번에 꺼지면서 주위가 컴컴해졌다. 편하게 늘어져 있던 태우는 자세를 고쳐 앉았다.

잠시 후 스크린이 빛을 쏘며 꿈 상영이 시작되었다. 아주 오랜만에 기분 좋은 설렘과 긴장이 둘 사이를 감돌았다.

첫 번째 꿈은 판타지였다. 덩치가 매우 큰 사자 한 마리가 황금색 갈기를 휘날리면서 들판 위를 거침없이 달리는데, 그 사자가 바로 태우였다. 태우 시점에서 기록된 꿈이었기 때문에 두 사람은 잠시 뜬금없게도 사자가 되어 살면서 한 번도 느낀 적 없는 빠른 속도감을 즐겼다.

"오, 나 전생에 사자였나 봐."

"전생이 아니라 꿈."

여름이 장난스럽게 대꾸했다.

늘 감정 기복 없는 사람처럼 행동하던 태우는 오늘 여러 번 놀랐다. 자신도 꿈을 꾼다는 사실에 놀랐고, 기억도 못 했던 꿈속에서 생각지도 못한 생명체로 변신한 자신의 모습에 놀랐으며, 다음 장면에서 갑자기 거대한 백호가 눈앞에 나타나는 바람에 또 놀랐다. 난데없이 등장한 몸집 좋은 백호는 무시무시한 이빨을 드러내며 으르렁거렸다. 꼼짝없이 잡아먹히겠구나, 하는 묘한 두려움에 둘은 어느새 손에 땀을 쥐었다. 그때였다.

"자기 여기서 뭐하냐옹."

백호가 사람 말을 하는 게 아닌가. 게다가 목소리는 분명 여름이었다. 동시에 웃음이 터진 둘은 눈물까지 흘려 가면서 박장대소했다.

"아, 진짜 내 꿈을 뭐 이런 식으로 꾸냐."

여름이 찔끔 나온 눈물을 손가락으로 찍어 내면서 말했다.

"어이없지만 자기 꿈은 자기 꿈이네."

태우는 피식 웃으며 한쪽 다리를 꼬았다.

하긴 그랬다. 어떤 모습으로 등장하든 그게 무슨 상관인가. 태우의 꿈속에, 마음속에 아직 자신의 자리가 굳건히 남아 있다는 사실이 여름에게는 제일 중요했다. 이렇게 생각할수록 여름은 마음이 아이스크림처럼 살살 녹아내리는 걸 느꼈다. 흐뭇한 미소가 절로 지어졌다.

"어, 바뀐다!"

태우가 흥분한 목소리로 스크린을 보고 외쳤다. 잠시 딴생각 중이던 여름도 정신을 차렸다.

장면이 갑자기 전환되면서 화면의 초점에 안개가 낀 듯 10초쯤 흐릿해졌다. 그러다가 점점 또렷하게 초점이 맞춰지기 시작했다. 꿈속 배경은 광활한 대자연에서 어느새 어딘지 모를 실내로 바뀌어 있었다. 뿌옇게 보이던 형상도 점점 정체를 드러냈다.

태우의 두 번째 꿈이었다.

"대체 언니한테 언제 말할 거야?"

태우의 시점인지 잘 모르겠지만 밝아진 시야에는 사이좋게 서로를 끌어안고 있는 두 남녀가 나타났다. 누가 봐도 부정할 수 없는 연인의 모습이었다. 그 모습을 본 순간, 내내 평온하던 여름의 얼굴이 회색빛으로 굳었다.

"곧."

"그니까 언제. 맨날 곧이래!"

"난 너밖에 없는 거 알잖아."

화면 속 남자는 태우였다. 태우의 말에 여름의 한쪽 눈썹이 미묘하게 꿈틀거렸다.

"여름이는…… 멘탈이 약해서, 충격받으면 뭔 짓을 할지 모른다니까. 천천히 거리 두는 중이니까 조금만 기다려 줘."

이후 두 사람이 데이트를 즐기는 장면이 자연스럽게 이어졌다. 옆자리에서 태우가 어쩔 줄 몰라 하며 여름의 눈치를 바쁘게 살폈다. 다른 차원으로 이동한 듯 상영관 안에는 싸늘하고 차가운 기운이 돌았다.

여름은 아무 말도 하지 않았다. 말할 수 없었다. 머릿속이 텅 빈 것처럼 아무 생각도 나지 않았다. 문득 에어컨 바람이 춥게 느껴졌다. 찬기가 뼛속까지 스며들면서 파르르 몸이 떨리고 심장이 얼어붙는 것 같았다. 이어서 쾅쾅! 묻어 둔 기억들이 빗장을 부수고 나오더니, 파노라마처럼 머릿속에 좌르르 펼쳐졌다. 그리고 빠른 속도로 상영되었다.

"언니!"

누군가 여름의 등을 쿡, 찔렀다. 돌아본 곳에는 여경이 있었다.

"여경아! 이게 얼마 만이야!"

"그니까!"

여름과 여경이 반가운 얼굴로 두 손을 맞잡았다.

"누구?"

여름 옆에 서 있던 태우가 물었다.

"아, 나 대학 때 제일 친했던 동생. 인사해."

"안녕하세요! 민여경이라고 해요."

여경이 환하게 웃으며 먼저 인사했다.

"네, 안녕하세요. 여름이 남자 친구 정태우라고 합니다."

"아, 남자 친구 분이시구나! 별스타에서 두 분 데이트하는 사진 많이 봤어요. 실제로 보니까 진짜 잘 어울리세요."

남다른 친화력을 가진 여경이 생글생글 웃으며 대화를 이어 갔다.

"하하, 감사합니다. 대학 때 붙어 다닌 동생 있었단 얘기

들었는데, 그게 여경 씨인가 보네요."

"맞아, 여경이."

여름이 작게 웃으며 대신 대답했다. 그리고 여경에게 물었다.

"근데 넌 여기 웬일이야? 너 수원 살지 않나?"

"벚꽃 보러 왔지! 언니도?"

여름과 태우, 여경이 서 있는 곳은 아는 사람들만 안다는 '숨은 벛꽃 명소'였다. 많은 인파가 몰려드는 대규모 축제들과 달리 한적한 거리를 거닐며 화려하게 핀 벛꽃들을 여유롭게 구경할 수 있는 곳이었다.

"응. 근데 올해는 생각보다 사람이 많네. 이제 여기도 유명해지고 있나 봐."

여름의 얼굴에 아쉬움이 뚝뚝 묻어났다.

"그런가? 난 처음 와 봐서. 그래도 조용하고 좋은데!"

"작년까지만 해도 사람 거의 없었거든. 그냥 동네 주민들만 있는 느낌?"

옆에서 태우가 맞장구치듯 고개를 가만히 끄덕거렸다.

"아……."

여경이 눈을 동그랗게 뜨고 주위를 휘휘 살폈다.

"근데 너 혼자 왔어?"

"응! 나도 언니처럼 남친이랑 오고 싶었는데…… 동생 놈이라도 데려올 걸 그랬나. 솔로는 웁니다. 흑흑."

같은 여자가 봐도 여경은 사랑스러웠다. 귀엽게 우는 척하는 여경이 정말로 귀여워서 여름은 피식 웃었다. 슬쩍 고개를 돌리니 태우도 웃고 있었다.

"혹시 괜찮으면…… 우리랑 같이 다닐래?"

여름은 여경에게 묻는 동시에 태우 눈치를 살폈다. 괜찮다는 뜻으로 태우가 고개를 두어 번 끄덕였다.

"진짜? 그래도 돼?"

여경이 반짝이는 눈으로 여름의 제안을 덥석 받았다.

그렇게 둘은 셋이 되어 벚꽃 놀이를 함께 즐겼다. 뜻밖의 만남은 꽤 성공적이었다. 달뜬 얼굴로 쉼 없이 조잘거리는 여경 덕분에 걷는 내내 분위기는 풍선처럼 부풀어 올랐고 웃음은 끊이질 않았다. 살랑살랑 불어오는 바람에 하얀 꽃잎이 하롱하롱 눈처럼 흩날렸다.

남는 건 사진뿐이라면서 여경이 연신 재촉하는 바람에 벚꽃 사진과 셀카 수백 장이 여름의 핸드폰에 담겼다. 이후로도 한참 동안 웃고 떠들며 걸었다. 날이 어둑해질 때쯤 발바닥이 후끈 달아올라 더 걷기 힘들어진 셋은 근처 맥줏집에 들렀다. 냉장고에 넣어 둔 차가운 잔에 시원한 맥주가 가득 담겨 나왔다. 짠! 잔을 부딪쳐 가며 이야기꽃을 피우는 것으로 셋의 우연한 만남은 마무리됐다.

그런 줄 알았다. 그렇게 끝났다면 여경과 함께 한 꽃구경은 여름에게 더없이 즐거운 추억으로만 남았을 것이다. 하지만 그로부터 세 달 뒤, 전혀 예기치 못한 사건이 터졌다.

'고마워 여경아.^^'

자려고 막 누운 여름에게 이런 메시지가 왔다. 보낸 사람은 태우였다. 잘못 본 건가 싶어 몇 번을 보아도 분명 태우였다. 어안이 벙벙해진 여름은 핸드폰을 붙잡은 채로 눈만 껌벅였다. 이 황당한 상황을 해석해 보려 해도 의문이 풀리지 않았다. 어차피 답은 당사자만 알고 있을 터였다. 여름은 몸을 일으켜 곧장 통화 버튼을 눌렀다.

"응. 아직 안 잤네."

핸드폰 너머에서 태연한 목소리가 들려왔다.

"방금 보낸 거, 뭐야?"

"뭐가?"

벌렁거리는 심장을 억누르며 애써 차분하게 물었건만, 태우는 되레 해맑게 되물었다. 여름은 순간 주먹을 꽉 쥐었다. 그리고 아무 말 없이 기다렸다. 태우가 자신이 보낸 메시지를 직접 확인할 때까지.

짧은 정적이 흐르고, 태우가 입을 열었다.

"아, 그, 이게 뭐냐면……."

"너 여경이랑 연락해?"

답답함이 앞선 여름이 결국 먼저 물었다.

"…… 여름아. 내 말 오해하지 말고 들어. 알았지?"

"말해."

여름이 싸늘하게 대답했다.

"그 왜, 벚꽃 볼 때…… 우리 셋이 저녁에 맥줏집 갔었잖아."

태우가 더듬더듬 말을 이어 갔다.

"그때 여경이도 그렇고 나도 그렇고, 취해서 좀 들떠 있었나 봐. 서로 막 조만간 또 보자고, 이제 절친이지 않냐고, 셋이 자주 모이자고 떠들다가…… 자연스럽게 번호 교환하게 된 거지."

"난 그런 기억 없는데?"

"어…… 맞다, 너 잠깐 화장실 갔을 때인가 보다."

"확실해?"

"너에 대한 내 사랑을 걸고."

태우가 평소처럼 장난을 치며 어물쩍 넘어가려 했지만 이번엔 통하지 않았다.

"그래서, 둘이 쭉 연락하고 지냈던 거야? 나 몰래 만나기도 하면서?"

"아니! 절대 아니야!"

태우가 기겁하면서 발뺌했다.

"만난 적 없어. 연락한 적도 없고. 아, 억울하다 진짜……."

"그럼 방금 보낸 건 뭔데?"

여름이 묻자 태우가 들릴 듯 말 듯 낮은 한숨을 내쉬었다.

"오늘 처음 연락한 거야."

은근히 정색하는 태우의 목소리에서 이 관계의 주도권은 본인이 쥐고 있다는 자신감이 묻어 나왔다.

"오늘이 처음이라고?"

"어."

"왜 연락했는데?"

"어?"

순간 흠칫하는 태우를 향해 여름이 다시 물었다.

"왜 연락했냐고."

"어, 그게 실은……."

태우의 말이 엿가래처럼 늘어졌다. 시간이 갈수록 여름은 핸드폰을 잡은 손끝이 차갑게 식어 가는 걸 느꼈다. 1년같이 느껴지는 침묵이 한참 동안 흐른 뒤에야 태우가 곤란한 투로 입을 뗐다.

"아…… 이거 진짜 비밀인데."

"……."

"너 생일 얼마 안 남았잖아."

"생일?"

"응. 이번엔 꼭 네가 좋아할 만한 선물로 준비하고 싶었는데, 아무리 고민해 봐도 뭘 좋아할지 모르겠더라고. 난 네가 뭘 좋아한다고 말하는 걸 별로 들은 기억이 없으니까. 물어봐도 항상 없다고만 하고. 여자는 여자가 잘 아니까 한번 여자한테 물어봐야겠다 싶었어. 근데 너도 알다시피 내가 주변에 워낙 여자가 없잖냐. 엄마랑 너 빼고. 물어보려고 해도 물어볼 사람이 없는 거야. 그래서 고민하다 보니까…… 여경 씨가 생각난 거지."

태우가 장황한 이유를 늘어놓았다. 언제나 당당하고 자신감 넘쳤던 그의 목소리는 미묘하게 떨리고 있었다.

여름은 아직 따져 묻고 싶은 것들이 많이 남아 있었다. 태우의 설명을 다 듣고도 머릿속에 물음표가 백만 개쯤 떠올랐다. 하지만 여름은 더 이상 묻지 않았다. 확실하지 않은 일로 괜한 의심을 이어 가고 싶지 않았다. 오랜 기간 태우와 함께 공들여 쌓아 올린 탑을 한순간에 허무하게 무너뜨리고 싶지 않았다. 태우를 더는 곤란하게 만들고 싶지 않았다.

그로부터 1년이라는 시간이 흐르는 동안, 여름은 자기 자신과 끝없이 싸워야 했다. 작은 의심의 씨앗이 뿌리를 내리고, 싹을 틔우고, 거대한 괴물로 자라나 야금야금 여름을 갉아먹었다. 안 그러려고 해도 자꾸만 의심하는 마음이 불쑥불쑥 솟아났다. 태우의 행동이 예전과 같지 않을 때마다 그랬다.

화장실에 갈 때도 꼭 핸드폰을 챙겨 간다거나, 갑자기 회식이 잡혔다고 통보하더니 다음 날까지 연락이 두절된다거나, 유난히 날씨 좋은 주말이면 온갖 핑계를 대며 데이트를 피한다거나. 그때마다 여름은 그럴 리 없다고, 괜히 의심하지 말자고, 열심히 자기 자신과 싸우면서 현실을 외면했다.

그리고 바로 지금, 참아 온 시간이 무색할 만큼 적나라한

현실이 여름의 눈앞에 펼쳐지고 있었다. 그동안 여름은 참고 또 참았고, 괜찮지 않아도 괜찮은 척했다. 안 좋은 기억은 지나가는 꿈이라 여겼고, 불편한 감정은 올라올 때마다 밀봉까지 해서 꼭꼭 숨겨 뒀다. 그런데 깨끗이 처리하지 못한 감정 덩어리들이 마음 한쪽에서 서서히 부패하고 있었다는 것을 여름은 지금에야 깨달았다.

물론 여름도 알고 있었다. 누구나 왜곡된 기억으로 꿈을 꿀 수 있고, 한 번도 경험해 보지 않은 무언가로도 꿈을 꿀 수 있다는 것을. 하지만 알면서도 이상한 확신이 들었다. 태우의 꿈은 왜 이리도 생생하게 느껴지는 건지, 영상이 진행될수록 태우는 왜 죄지은 사람처럼 점점 움츠러드는 건지, 태우의 눈동자는 왜 갈 곳을 잃은 채로 헤매고 있는 건지 궁금했다.

여름은 당장 그 의문을 풀어야만 했다.

"핸드폰 좀 줘 봐."

손바닥을 내미는 여름의 목소리는 낮고 단호했다. 5년을 만나면서 한 번도 이런 요구는 한 적이 없었다. 처음 보는 여름의 강경한 태도에 순간 당황한 태우는 낯빛이 창백해졌다. 저건 꿈일 뿐이지 않냐고 주장하고 싶었지만, 서릿발처럼 냉랭한 분위기에 일찌감치 주눅 든 태우였다. 어쩔 수 없다는 듯 태우는 느릿느릿한 동작으로 핸드폰을 꺼내 들었다. 그러곤 똥 씹은 표정으로 여름의 손바닥 위에 핸드폰을 올려놓았다.

"지문."

여름이 건조한 투로 핸드폰을 다시 내밀었다.

"꼭 이렇게까지 해야겠어?"

섭섭하다는 듯 태우가 울상을 지어 보였지만 여름은 대꾸하지 않았다.

"하……."

태우는 이내 긴 한숨을 내쉬며 엄지로 핸드폰 잠금을 풀었다. 그리고 시무룩한 얼굴로 핸드폰을 내밀었다. 여름은 눈동자에 힘을 주고 태우의 핸드폰을 처음으로 자세히 들여다보기 시작했다.

가장 먼저 보인 건 회색 스포츠카였다. 연애 초반에 자신과 찍은 커플 사진으로 설정해 놓곤 세상이 두 쪽 나도 절대 바꾸지 않을 거라고 했던 배경 화면이었다. 여름은 씁쓸한 마음을 잠시 고른 뒤 통화 목록 버튼을 눌렀다. 그리고 그 순간, 판도라의 상자가 활짝 열렸다.

"아……."

기가 찬 여름의 입에서 희미한 신음이 흘러나왔다. 통화 목록 속에는 태우와 여경이 하루도 빠짐없이 통화한 기록이 고스란히 남아 있었다. 역시 짐작했던 게 맞았구나, 하는 생각과 함께 제일 첫 번째로 든 여름의 감정은 엉뚱하게도 다행스러움이었다. 의심은 진위를 알 수 없을 때 느끼는 감정이었다. 이젠 더 이상 아무것도 의심하지 않아도 된다는 안도감이 들었다. 이어서 배신감과 원망 따위의 복잡한 감정들이 묵직하게 마음을 때렸다.

옆에서 태우가 초조한 눈빛으로 자꾸만 주위를 두리번거리면서 손톱을 잘근잘근 씹었다. 다리까지 정신없이 달달달 떨면서. 태우의 불안한 정서가 여름에게도 여실히 전달되었지만 여름은 아랑곳하지 않고 메시지 앱을 클릭했다. 마지막 확인 작업이 필요했다.

"……."

이번에는 기가 막혀 말도 나오지 않았다. 주변에 아는 여자가 없다던 태우의 친구 목록에는 남자보다 여자 이름이 더 많았다. '즐겨찾기' 설정이 돼 있는 유일한 이름은 여름이 아닌 여경이었다. 채팅 목록으로 넘어갔다. 수많은 채팅

방 중 여경의 이름이 가장 먼저 눈에 띄었다. 여름은 낮게 한숨을 내쉬며 그 이름을 클릭했다. 가느다랗게 떨리는 손으로 대화 내용을 휙휙 크게 스크롤해 나갔다. 역시 두 사람은 보통 사이가 아니었다. 말 한 마디 한 마디마다 애정 넘치는 이모티콘이 따라붙었다. 대화 내용은 말할 것도 없었다. 두 사람이 1년 넘게 속삭인 사랑의 흔적들은 지금 여기 앉은 여름의 존재를 철저히 깔보고 무시하고 부정하고 있었다. 여름은 순간, 지난 5년간 태우와 함께한 모든 시간이 삽시에 불타올라 연기처럼 사라지는 걸 느꼈다. 원래부터 존재하지 않았던 시간인 것 같았다.

억지로 부여잡고 있던 끈이 탁, 끊어지는 느낌과 동시에 깨질 듯한 두통이 찾아왔다. 여름은 질끈 눈을 감았다.

"괜찮아?"

태우 손이 어깨에 닿는 순간, 온몸에 소름이 돋으면서 눈이 번쩍 뜨였다. 당장에 태우 팔을 꺾어 버리고 싶은 충동을 간신히 억누르며 여름은 자리에서 벌떡 일어났다. 그리고 독기 서린 차가운 눈빛으로 태우를 내려다보았다.

"내가 멘탈이 약해서 뭔 짓을 할지 모른다고? 그럼 지금 알려 줄게."

"여름아, 그건……."

"우리 끝내자."

"뭐?"

태우가 멍한 눈으로 여름을 올려다봤다.

"헤어지자고."

"갑자기 왜 그래……. 너 장난으로라도 그런 말 하는 애 아니잖아."

"……."

"아니, 말이 되는 소리를 해. 우리가 어떻게 헤어져?"

여름의 말을 받아들이지 못한 태우가 따지듯 물었다. 여름은 굳은 얼굴로 말없이 태우를 응시했다. 뻣뻣했던 태우의 눈동자가 이내 사정없이 흔들리기 시작했다.

"다 오해야. 응? 내가 다 설명할게. 일단 내 말 좀 들……."

"됐고."

·더 들을 가치도 없다는 듯 여름이 말을 끊었다. 그리고 덧붙였다.

"내가 아무리 멘탈이 약해도 말이지, 냄새 나는 쓰레기인 걸 알고도 그걸 보물처럼 끌어안고 살 바보는 아냐."

"너 지금 그게 무슨……."

"꺼져. 쓰레기야."

핸드폰을 태우에게 던지고 성큼성큼 상영관을 나왔다. 그제야 여름은 달콤 쌉싸름한 꿈에서 비로소 깨어나는 것을 느꼈다.

여름은 한동안 일에만 전념했다. 회사에 적응하느라 바쁜 나날들은 오히려 이별의 상처를 극복하는 데 더없이 좋은 시간이 되었다. 그리고 상처는 생각보다 오래가지 않았다.

긴 연애를 하는 동안 최선을 다했던 쪽은 언제나 여름이었다. 그만큼 남은 미련도 적었다. 태우를 내보내기 위해 마음의 문을 열자, 빽빽하게 들어차 있던 감정의 찌꺼기들도 하나둘씩 빠져나갔다. 꼭 막혀 있던 공간에 드디어 시원한 공기가 통하기 시작했다. 태우 하나가 차지했던 공간이 그리 넓을 줄 미처 몰랐다.

무엇보다 여름은 그날의 꿈 상영을 통해 '을의 수렁'에서 빠져나올 수 있게 해 준 회사에 진심으로 고마움을 느꼈다. 드림 레코드를 향한 애사심은 날이 갈수록 깊어졌다.

가은의 꿈 기록

✳

　푸른고등학교 점심시간, 삼삼오오 떠들거나 여기저기 장난치고 뛰어다니는 아이들로 교실은 시끌벅적했다. 그리고 그 틈에는 책상에 혼자 엎드려 있는 가은이 있었다. 있지만 없는 아이, 보이지만 보이지 않는 아이, 가은은 그런 아이였다.

　"야, 정가은."

　"가은이 자고 있었쪙?"

　교실로 막 들어선 여학생 다섯 명이 가은의 자리로 우르르 몰려왔다.

　"머릿결 좋은 거 봐. 혼자만 좋은 샴푸 쓰는 거야, 우리 가은이?"

　아이라인을 길게 뺀 아이가 가은의 머리카락을 허락 없이 마구 헤집어 놓았다. 먹잇감을 물고 삼킬까 말까 입 안에서 장난치듯 굴리는 모습이 한두 번 해 본 솜씨가 아니었다.

"……."

가은이 힘없이 스르르 몸을 일으켰다. 바닥을 향해 시선을 내리깐 가은의 얼굴에는 핏기가 없었다.

"아이쿠! 가은이 푹 잤어용? 지금 잠이 와용?"

"……."

실실 웃으며 가은의 머리카락을 매만지던 아이의 얼굴에서 돌연 웃음기가 가셨다.

"왜 대답이 없어. 씹냐?"

아이가 가은을 노려보면서 검지로 머리를 툭툭 건드렸다.

"야아, 조혜진. 우리 가은이 놀라잖아. 갑자기 정색 빼고 지랄이야."

이번에는 세나였다. 세나는 가은의 편을 들어 주는 척하면서 깔깔 소리 내어 웃었다. 그때, 반 아이들 몇몇이 힐끔거리며 옆을 지나갔다. 비스듬히 책상에 걸터앉아 가만히 팔짱 끼고 있던 태희는 주변 시선이 거슬렸는지 미간을 확 찡그렸다.

"야, 거기로 나와."

태희가 낮은 목소리로 한마디 툭 던지곤 자리를 떴다. 남은 네 명도 가은에게서 날카로운 눈빛을 잠시 거두고 태희를 따라 쪼르르 교실을 나섰다.

잠시 후 태희, 혜진, 세나, 유린, 아린 다섯 명이 모여 있는 곳으로 가은이 비척대며 걸어왔다. 이들이 가은을 따로 불러낸 곳은 3층 복도 끝에 베란다처럼 돌출된 작은 공간이었다. 난간이 부실한 탓에 학생 출입이 금지되고 늘 굳게 잠겨 있던 곳이었지만, 요 며칠 난간 공사 때문에 인부들이 드나들어 잠시 열어 두고 있었다. 규칙을 잘 지키는 평범한 학생들은 접근하지 않을 이런 금기된 장소는 소위 노는 학생들에겐 더없이 좋은 놀이터였다. 교실들이 있는 쪽과도 거리가 있어서 이쪽을 일부러 오가는 학생이나 교사는 드물었다.

"빨리빨리 안 튀어 오냐."

"점심시간 다 끝나겠다, 가은아."

가은이 주춤거리며 태희 무리 앞으로 다가갔다. 아이들과 가까워질수록 가은의 시선과 어깨는 자연스럽게 땅으로 떨어졌다. 진흙 속을 걷는 것처럼 발걸음이 무거웠다. 이대로 땅속으로 꺼져 버렸으면 좋겠다고 가은은 생각했다.

가은이 아이들 앞에 엉거주춤 서자마자, 혜진이 가은을 벽 쪽으로 강하게 밀어붙였다. 퍽 소리와 함께 벽에 부딪친 가은이 한쪽 눈을 찡그렸다. 분위기가 순식간에 살벌해졌다.

"야, 우리 말이 말 같지 않냐?"

"⋯⋯."

"어쭈. 또 씹네."

기가 찬다는 듯 혜진이 고개를 뒤로 젖혔다가 다시 가은을 똑바로 노려봤다.

"돈, 언제, 가져올 거냐고. 그지 년아."

혜진이 검지로 가은의 턱을 치켜올리며 한 어절 한 어절에 힘을 실었다.

"너희 줄 돈⋯⋯ 없어."

아이들에게 둘러싸인 채 침묵을 지키던 가은이 더듬거리며 입을 열었다.

"와, 이게 진짜, 좋게 말하니까 또 못 알아 처먹지?"

다혈질인 혜진이 흥분해서 목소리를 높였다. 그때, 옆에서 가만히 지켜보고 있던 태희가 마음에 들지 않는다는 듯 강한 한숨을 내쉬었다. 태희 표정이 급격히 싸늘해지자 아이들은 슬슬 태희 눈치를 살폈다. 자기들에게도 괜한 불똥이 튈까 봐 걱정하는 눈치였다.

이들 안에서도 보이지 않는 서열은 엄연히 존재했다. 태희는 포식자 중 최강 포식자였다. 강자는 쉽게 나서는 법이 없었다. 그저 눈앞의 상황을 조용히 지켜만 보다가 자기 마음에 들지 않으면 그제야 불쑥 나섰다. 그리고 말이든 주먹이든 강력한 한 방을 날리며 상대의 숨통을 단박에 끊어 버렸다. 한 몸처럼 붙어 다니는 친구들에게도 예외는 없었다. 자기 생각대로 되지 않거나 성에 차지 않으면 그게 누구든 벌을 내렸다. 그런 태희를 논리로도, 힘으로도 이길 수 있는 아이는 없었다.

태희가 나서기 전에 아린이 발 빠르게 나섰다.

"미친년아. 돈이 없긴 왜 없어. 우리 다 알고 있거든?"

의미심장한 아린의 말에 아이들이 일제히 웃음을 터뜨렸다. 노골적인 비웃음은 뭔가 알고 있다는 확신으로 차 있었다. 웃지 못하는 사람은 가은뿐이었다. 아이들이 웃는 이유를 가은은 알 수 없었고 궁금하지도 않았다. 실컷 웃다가 화내고, 화내다가 금세 낄낄거리고 웃는 아이들이었다. 롤러코스터처럼 오르락내리락하는 아이들 모습을 지켜보는 것은 이제 놀랍지도 않았다.

　오늘은 얼마나 때릴까.

　가은이 궁금한 것은 이것뿐이었다. 가은의 하얀 얼굴이 점점 창백하게 굳어 갔다.

"너네 엄마 술집에서 일한다며?"

　혜진의 입에서 나온 말이었다. 표정 없던 가은의 눈이 삽시에 커지고, 창백하게 말라붙은 입술이 움찔거렸다. 경멸과 조롱의 시선들이 가은의 얼굴 위로 마구 쏟아졌다. 가은은 순간 불덩이를 삼킨 것처럼 온몸에 열이 확 차올랐다. 분하고 억울했다. 하지만 그럴수록 입을 더 굳게 다물었다. 엄마 이름이 이런 식으로 입에 오르내리게 할 순 없었다. 물론 애들 말이 틀린 것은 아니지만, 시시콜콜 설명하고 싶지 않았다. 가은에게 엄마는 자기 자신보다도 소중한 존재였고, 자신 또한 엄마에게 그러한 존재라는 걸 잘 알고 있는 터였다.

　엄마는 가은의 유일한 가족이다. 가은의 아빠는 가은이 다섯 살일 때 갑작스러운 교통사고로 세상을 떠났고, 가은의 엄마는 남편의 죽음을 애도할 틈도 없이 몸을 움직여 생활비를 벌어야만 했다. 어린 가은을 책임질 사람은 오직 엄마뿐이었다. 한때는 알아주는 대학을 나와 이름만 대면 알 만한 회사에 다니며 창창한 미래를 꿈꿨었다. 하지만 태어날 때부터 몸이 약했던 가은을 돌보기 위해 점점 길어지는 육아 휴직을 회사는 반기지 않았다. 남들보다 긴 휴직을 끝내고 복귀한 엄마를 회사는 외면했다.

회사의 결정에 감히 항변할 수 없던 시절이었다. 그렇게 경력 단절의 늪에 빠진 엄마는 당장의 생활비가 시급했고, 경력 없이도 쉽게 구할 수 있는 일을 찾아야 했다. 그런 일들은 대부분 노동 강도가 셌다. 하지만 자신의 등 뒤에 있는 어린 딸을 생각하면 그 어떤 일이든 거뜬히 견뎌 낼 수 있었다. 가은은 그런 엄마의 희생을 당연하게 여기지 않는 딸이었다. 혼자 있는 시간이 많았던 만큼 또래들보다 생각이 깊었고 엄마의 고충을 잘 헤아렸다. 누가 뭐래도 엄마와 가은은 각자의 위치에서 최선을 다하며 서로를 진심으로 위하고 아꼈다.

가은은 아랫입술을 지그시 깨물었다. 며칠 전 엄마와의 대화가 문득 떠올랐다.

"딸, 엄마 식당 관뒀어."

거실 바닥에 마주 보고 앉아 함께 빨래를 개던 중 엄마가 말했다.

"왜?"

엄마가 동네 불백집에서 일한 지도 벌써 햇수로 10년이었다. 가은은 의외라는 반응이었다. 엄마가 평온한 얼굴로 말을 이었다.

"요 앞 사거리 호프집 알지? 거기서 주방 직원 구하더라고. 시급도 식당보다 훨씬 넉넉하게 쳐 주더라."

"술집이면 밤에 나가는 거 아냐?"

"그렇지."

"안 힘들겠어?"

"괜찮아. 평일은 늦어도 새벽 1시 전에는 끝난대. 주말이야 더 늦어질 수도 있다지만……. 아휴, 그래도 그게 어디야. 12시간씩 일해도 식당에선 최저 시급밖에 못 받았는데 술집은 일하는 시간도 짧고 시급도 거의 두 배니까, 잘됐지 뭐."

"술집이면…… 취해서 진상 부리는 사람들 많지 않아?"

가은의 걱정 어린 질문에 엄마는 너그러이 미소 지으며 고개를 저었다.

"엄만 주방에서만 일하는 거라 밖으로 나올 일 없어. 그런

건 걱정 안 해도 돼."

아직 학생인 가은도 어렴풋이 알고는 있었다. 돈을 많이 주는 일은 그만큼 힘들다는 것을. 낮에만 일하던 사람이 밤에 일하면 수면 패턴도 깨지고 면역력도 떨어질 터였다. 하지만 시급이 오른다며 좋아하는 엄마를 보니 가은은 선뜻 말릴 수 없었다. 엄마가 원하는 것이 곧 가은이 원하는 것이었고, 엄마의 행복이 곧 가은의 행복이었다.

"나 벽이랑 얘기하나?"

"답답한 년."

"얘 입 냄새 날까 봐 여물고 있는 거 아냐?"

"푸웁. 어쩐지 아까부터 썩은 내가 진동하더라니."

아이들이 한마디씩 지껄이며 가은을 향해 빈정거렸다. 고개를 숙인 가은은 아무 말도 하지 않았다. 말 같지 않은 말에 반응하고 싶지 않았다. 아무렇게나 내뱉는 말들, 혹은 어떤 단어들을 조합해야 더 큰 대미지를 입힐 수 있을까 계산하면서 하는 말들, 혹은 찌질해 보이지 않으려 부러 독하게 뱉는 말들이었고, 동등하지 않다고 여기는 상대에게만 할 수 있는 말들이었다. 꼭 가은이 아니라도 저들의 표적이 되는 누구에게라도 쏟아질 말들이었다. 이렇게 생각하니 이런 괴롭힘도 조금은 견딜 만해지는 것 같기도 했다. 차라리 그 화살이 엄마가 아닌 자신을 향해서 다행이라고도 생각했다. 오늘은 아이들 기분도 나쁘지 않아 보였다. 잘하면 안 맞고 넘어갈 수도 있을 것 같았다.

가은이 나지막이 안도의 한숨을 쉬는 그때였다.

"애미가 드러운 일하니까 딸년한테도 썩은 내가 나지."

혜진이 허공을 향해 비웃음을 날리며 교복 주머니에서 틴트를 꺼냈다. 가은의 얼굴이 잿빛으로 변해 가는 동안, 혜진은 붉은색 틴트를 입술에 발랐다.

"너네 엄마, 술집에서 몸 팔잖아. 아니야? 그 더러운 돈 우리랑 좀 나눠 쓰자는데 뭐가 문제야."

아린이 한쪽 입꼬리를 말아 올리며 덧붙였다. 사실도 아닌 헛소리를 떠벌리는 아린의 태도는 당당하기 그지없었다. 가은의 숨소리가 서서히 거칠어졌다. 치아를 드러내고 깔깔거리며 웃는 아이들 사이로, 주먹을 꽉 쥔 가은의 눈동자에는 핏기가 서렸다.

시끌벅적한 교내에 점심시간이 끝났음을 알리는 예비 종소리가 울려 퍼졌다. 여기저기에 흩어져 있던 학생들은 저마다 자기 교실로, 자기 자리로 분주하게 움직이며 5교시

수업을 준비했다.

　정확히 5분 뒤에 수업 종이 울리는 그때였다.

　"까아악!!"

　한 여학생의 새된 비명이 쩌렁 울리며 학교를 뒤흔들었다. 눈이 휘둥그레진 학생들은 서로 눈치를 살폈다. 그러다가 다른 반 아이들 발소리가 들리자, 갑자기 너나 할 것 없이 자리를 박차고 교실 밖으로 뛰쳐나갔다. 뒤늦게 선생님들이 학생들을 제지하려고 했지만 거의 모든 교실에서 쓰나미처럼 쏟아져 나오는 아이들을 막을 길은 없었다. 순식간에 벌어진 일에 선생님들도 놀란 얼굴로 아이들 틈에 섞여 비명이 들린 1층으로 이동했다.

　충격에 휩싸여 웅성거리는 아이들 앞에 가은이 피를 흘리며 쓰러져 있었다.

*

　"3층이에요, 선생님. 여자애가 3층에서 떨어졌다고요."

　"알죠, 어머니……. 저희도 최선을 다해서 사실 관계 파악 중에 있습니다."

푸른고등학교 교무실, 가은 엄마는 오늘도 가은의 담임을 찾아왔다. 담임은 말끔하게 생긴 젊은 남자 교사였다. 교무실 유리창으로 들어오는 햇빛에 담임의 활력 넘치는 동그란 얼굴이 깐 달걀처럼 반들거렸다. 반면, 며칠째 밥도 잠도 제대로 챙기지 못한 가은 엄마의 가녀린 몸은 똑바로 앉아 있기도 위태로워 보일 만큼 파리하게 말라 있었다. 생기를 찾아볼 수 없는 건조한 얼굴과 빛을 잃은 눈동자는 시들다 못해 말라 버린 꽃처럼 버석거렸다.

　"학교에 CCTV도 많던데 하필 거기만 설치가 안 돼 있다니요……. 이상하잖아요, 선생님."

　"말씀드렸다시피 거긴 원체 애들 교실하고도 거리가 멀고, 오랫동안 잠겨 있던 곳이라 CCTV 설치도 안 했을 거예요……. 그 부분은 저희가 어떻게 해 드릴 수가……."

　담임은 난처한 표정을 지어 보이며 말끝을 흐렸다.

　학교 측에서도 노력하고 있지만 당장 해 드릴 수 있는 것은 없다. 교장이든 교감이든 교사든 훈련받은 앵무새처럼 같은 말만 반복할 뿐이었다.

　"가은이가 거기까지 혼자 걸어가서 스스로 뛰어내렸을 리는 없잖아요. 더구나 거긴 학생 출입도 금지된 곳이라면서요. 선생님들이 가지 말란 곳에 가는 애도 아니고요. 가은이는, 우리 가은이는…… 잘 아시잖아요, 선생님."

답답한 듯 울분을 토하는 가은 엄마의 물기 어린 목소리에서 복잡한 감정들이 쏟아졌다. 무릎에 놓인 가방을 꽉 쥔 손이 파르르 떨렸다.

"그럼요, 잘 알죠……. 그렇다고 저희로선 무작정 누가 밀었을 거라고만 단정 지을 수가 없어서요, 어머님. 만약 그런 거라고 해도 아직 정확히 밝혀진 게 없어서 범인을 특정하기가……."

"그 애들이겠죠."

가은 엄마의 눈에 순간적으로 힘이 들어갔다. 천천히 그날 일을 상기하는 가은 엄마의 흰자위에 석류씨처럼 붉은 실핏줄이 툭툭 돋아났다.

하나뿐인 딸 가은이 학교 건물 3층에서 떨어져 병원으로 이송되던 날, 가은 엄마는 집에서 바느질을 하다가 전화를 받았다. 잡고 있던 바늘이 손가락을 찔러 핏방울이 맺힌 줄도 모르고 벌떡 일어나 미친 사람처럼 병원으로 곧장 달려갔다. 엉망이 된 머리카락 사이로 땀이 송골송골 흐르고, 신발 속은 모래투성이였다. 그런 그녀를 기다리고 있던 건 의식을 잃은 채로 누워 있는 가은이었다. 다행히 이틀 뒤에 가은은 의식이 돌아왔지만, 사고가 있었던 그날의 일은 전혀 기억해 내지 못했다.

"머리에 충격이 가해지면서 단기 기억 상실증이 온 것 같습니다. 우선 몸부터 회복하면서 차차 경과를 지켜보도록 하죠."

담당 의사는 큰일이 아니라는 투로 차분히 검사 결과를 전했다. 하지만 가은 엄마에게는 의사의 말이 청천벽력 같은 충격으로 다가왔다. 아직도 손가락 발가락을 꼼지락거리는 아기 같기만 한 작고 소중한 딸이었다. 그런 딸이 난데없이 학교에서 추락한 것도 모자라, 기억 상실증까지 걸렸다는 사실을 그녀는 받아들이기 힘들었다.

딸을 보호하지 못했다는 죄책감과 자괴감이 밀려들어 몸속의 에너지를 쓰나미처럼 모조리 쓸어 갔다. 온몸의 힘이 빠져나간 채로 하루를 보냈다. 그러나 다음 날, 엄마로서 손 놓고 앉아 있을 수 없다는 생각이 퍼뜩 들면서 가은 엄마는 간신히 이성을 되찾았다. 뭐라도 해야만 했다. 사건의 진상을 쫓아 그녀는 만사를 제쳐 두고 온종일 경찰서와 학교와 병원을 돌아다녔다.

한편 경찰들도 이번 사건이 타인에 의한 사고일 거라는 가능성을 두고 수사를 시작했다. 당사자가 기억을 잃은 탓에 결정적 증거가 될 수 있는 피해자 진술은 어려운 상황이었다. 다른 구체적이고 확실한 증거들이 필요했다. 사건 발생 이후 며칠 동안 담당 형사들은 끈질기게 가은의 학교를 드나들며 목격자를 찾고 용의자를 좁혀 갔다. 그리고 마침내 작은 결실을 거두었다.

"그날 걔네가 가은이 데려가는 거 봤어요."

"태희네요. 우리 학교 일진들이에요."

"잘해 주는 척하면서 돈도 여러 번 뜯어 갔을걸요."

같은 반 학생들의 목격담이었다. 형사들은 곧바로 다섯 명을 불러 조사에 들어갔다. 태희, 혜진, 세나, 유리, 아린이었다. 경찰은 이미 태희 무리가 가은에게 수차례 보냈던 협박성 메시지들을 증거로 확보해 둔 상황이었다. 핸드폰 메시지를 들이민다면 태희 무리도 순순히 범행을 자백할 수밖에 없을 터였다. 이들의 자백이 결정적 증거로 채택되면 사건 해결은 그야말로 시간문제였다.

하지만 경찰 측의 예상과 달리 이들의 태도는 강경했다.

"아, 진짜 우리 아니라니까요."

"맞아요. 장난 좀 치고 살짝 괴롭힌 건 맞다고요. 근데 밀친 건 진짜 우리 아니에요."

"왜 괴롭혔냐고요? 그건…… 가은이가 귀여워서 그런 거죠. 친해지고 싶어서. 나쁜 맘은 없었어요."

"때리긴 뭘 때려요. 사람을 뭐로 보고……."

"그냥 불러서 얘기 좀 하다가 우리끼리 매점 갔다고요. 매점 CCTV 보셨을 거 아니에요."

일부러 한 명씩 따로 불러서 개인적으로 조사했지만, 미리 입을 맞추기라도 한 건지 하나같이 일관된 태도로 범행을 부인했다.

이들이 가은을 데려가는 걸 봤다는 몇몇 학생들의 진술과 평소 가은을 괴롭혔다는 사실만으로는 추락 사고의 범인을 특정할 수 없었다. 사건이 벌어진 그날, 그 시간에 대한 결정적인 증거와 목격자가 필요했다. 확실한 증거는 없고 심증만 넘쳐 났다. 그 애들, 즉 태희 무리가 범인일 거라는 추측만이 연기처럼 자욱하게 퍼져서 모두의 시야를 가릴 뿐이었다.

한편 학교에서는 태희 무리가 경찰 조사를 받았다는 소문과, 다섯 명 모두 범행을 강하게 부인했다는 소문이 불붙은 로켓처럼 빠르게 퍼져 나갔다. 괴롭힘당하는 가은을 외면했던 아이들이 하루아침에 쇠똥구리마냥 한 덩어리로 똘똘 뭉쳐서 태희 무리를 적으로 삼았다. 병원에 있는 가은이 학교를 비우는 날들이 길어질수록 '그 애들'을 향한 아이들의 적대감은 점점 커져만 갔다.

*

다방면으로 수사가 계속되었지만 별다른 성과 없이 일주일이 훌쩍 지나갔다.

"어머님, 저 왔습니다."

후드티와 검은색 점퍼 차림의 오 형사가 병실 문을 열고 들어왔다.

"오셨어요."

"오늘도 제대로 못 주무신 거예요? 안색이 안 좋으세요."

"그렇죠 뭐……."

가은 엄마가 곳곳에 붕대를 감고 잠든 가은의 손을 잡은 채 힘없이 중얼거렸다.

"저…… 어머님."

한동안 가은과 가은 엄마를 번갈아 보던 오 형사가 상체를 앞으로 살짝 숙여서 조심스레 말했다.

"오늘은 제안해 드릴 게 있어서 왔습니다."

"제안이요?"

가은 엄마가 고개를 들었다. 퀭한 눈동자에 물음표가 떠올랐다.

"잠깐 나가서 얘기하시죠."

가은 엄마는 잠든 딸의 얼굴을 한번 내려다보고는 성큼성큼 앞서는 오 형사를 따라 조용히 병실을 나섰다.

가은 엄마와 오 형사는 병원 복도 끝에 있는 자판기 옆 긴 의자에 걸터앉았다. 낮게 가라앉은 병원 복도의 공기는 서늘했다. 손깍지를 낀 오 형사가 잠시 입술을 달싹이다가 입을 열었다.

"지금 아시다시피 상황이…… 도움될 만한 실마리가 안 나오고 있어요. 그 애들이 가은이를 데리고 가는 걸 봤다는 학생들 목격담만으로 증거가 성립하는 것도 아니고, 그 애들도 혐의를 완강하게 부인하고 있고요. 그리고 무엇보다…… 그 학생들 말대로 CCTV 돌려 보니 가은이가 추락한 시간에 그 애들, 매점에 있었어요. 다섯 명 모두요."

가은 엄마는 시선을 떨군 채 말없이 바닥만 내려다보았다.

"저희가 원래 이런 거 잘 말씀 안 드리는데…….."

오 형사가 진지한 얼굴로 마른 입술을 한번 적시고는 말했다.

"가은이 꿈을 한번 이용해 보면 어떨까 합니다."

"네? 꿈이요?"

토끼처럼 빨갛게 충혈된 가은 엄마의 두 눈이 커졌다.

"네. 드림 레코드라는 회사, 들어 보셨죠?"

"아, 네……. 사람들 꿈 기록하는 회사 아닌가요?"

"맞습니다. 난데없이 무슨 꿈 얘기인가 싶으시겠지만, 꿈을 이용하는 게 사건 해결에 큰 도움이 될 것 같아서요. 무의식에서, 그러니까 꿈속에서 가은이가 잃어버린 기억 조각을 찾을 수만 있다면 그게 결정적인 단서가 될 겁니다."

이해가 가지 않는 듯 가은 엄마가 두 눈을 깜빡거렸다. 오형사는 보충 설명을 이어 갔다.

"물론 아닌 경우도 많지만 사람들은 대부분 현실에서 겪었던 일을 가지고 꿈을 꿉니다. 최근에 충격적인 일을 겪었다면 그와 관련된 꿈을 자주 꾸죠. 만약 가은이가 그날의 기억을 의식적으로 계속 밀어내고 있는 거라면, 한번 무의식의 세계를 이용해 보자는 겁니다. 어쩌면 가은이 꿈에 사건 당일 기억이 남아 있을지도 모르니까요."

"그게 정말 가능한 일일까요?"

가은 엄마가 쓴웃음을 지으며 조심스레 물었다. 확신이 서지 않는 표정이었다.

"실제로 수사에 꿈을 이용한 사례도 있습니다. 음, 좀 다른 경우긴 하지만…… 살인 사건 피의자가 도통 입을 열지 않으면 꿈 기록을 참고하기도 합니다. 시체를 숨긴 장소나 범행 수법 같은 것들을 밝혀낼 수 있거든요. 아무리 피의자가 죄책감이 없다고 해도 누군가를 살해한 일은 강한 기억으로 남기 마련이고, 그런 기억은 꿈에서 꼭 한 번은 나타납니다. 말 그대로 참고만 하는 거지만, 꿈이라는 게 생각보다 꽤 쓸모가 있더라고요."

허공에 시선을 두고 곰곰이 생각에 잠겨 있던 가은 엄마가 입을 열었다.

"가은이 꿈도 증거가 될 수 있나요?"

그러자 오 형사가 조금 난처한 얼굴로 뒤통수를 벅벅 긁더니 말했다.

"음…… 아뇨. 꿈이 법적 효력을 가지는 증거로 작용하지는 못합니다. 사실이 아닌 일로 괜한 누명을 쓰는 사람이 생길 수도 있으니까요. 꿈은 개인의 지극히 사적인 영역에 속하는 부분이라…… 그러니까 누구나 사소한 비밀 하나쯤 가지고 사는 건데, 경찰이 수사를 목적으로 그걸 마구 파헤치고 임의대로 해석해서 재판 증거로 쓴다면 명백한 인권 침해가 될 수 있어요. 여러 가지 위헌 소지가 있어서 드림 레코드에서도 외부에 꿈 영상을 공개하지 않는 거로 알고 있고요. 그렇지만……."

차근차근 설명하던 오 형사가 말끝을 흐리더니 눈에 힘을 주었다. 부릅뜬 두 눈에 생기가 돌았다.

"어디에나 예외는 있는 법이죠. 일반인들은 잘 모르지만, 특별한 경우에 한해 경찰 수사나 검찰 수사에 꿈 기록을 참고할 수 있습니다. 꿈이 직접적인 증거가 될 수는 없어도 꿈을 통해 간접적으로 여러 단서를 얻을 수는 있을 겁니다. 기록자가 사건과 관련된 꿈을 꾸기만 해 준다면, 활용도가 아주 높은 편이죠."

진지한 오 형사의 얼굴에 옅은 미소가 번졌다.

"그러면…… 가은이 괴롭힌 그 애들 꿈을 이용할 수는 없나요?"

오 형사를 보는 가은 엄마의 눈동자에 간절함이 차올랐다.

"그건 좀 힘들 것 같습니다. 현재로서는 그 애들이 가장 유력한 용의자긴 하지만, 그렇다고 해서 저희 측에서 꿈 기록을 강제할 수는 없어요. 철저한 개인 동의가 필요한 일이 거든요. 아직 정식으로 입건된 피의자도 아니고요."

가은 엄마의 풀 죽은 어깨가 기둥을 잃은 듯이 축 늘어졌다. 그런 그녀를 안타깝게 바라보던 오 형사가 말을 이었다.

"가은이가 더 힘들어질까 봐 고민하시는 마음 이해합니다. 기록이 성공적으로 잘 될 거란 보장도 없고요. 그래도 아무것도 안 하고 있는 것보다는 훨씬 나을 겁니다. 오랫동안 고민하고 제안드리는 거고요."

"…… 제가 뭘 어떻게 하면 될까요?"

가은 엄마가 근심 어린 얼굴로 힘없이 물었다.

"다른 건 없고요. 꿈 기록에 동의한다는 사인만 해 주시면 됩니다. 원래 본인 동의만 있으면 되지만 가은이는 미성년자라서 보호자 동의도 필요합니다. 그리고 추후에 꿈 영상을 이용해서 수사해도 된다는 내부 결정이 나면 그때 2차 동의해 주시면 되고요."

"2차 동의는 뭔가요?"

"1차는 꿈 기록에 대한 동의고요. 2차는 기록된 꿈 영상을 외부적으로 활용하는 것에 대한 동의예요. 꿈 영상이 수사에 유의미하게 작용할 거라는 판단이 들면 2차 동의를 요청할 거고요. 그 영상을 토대로 여러 가지 수사를 진행하는 겁니다."

"네…… 일단 잘 알겠습니다. 고민해 보고 연락드릴게요."

오 형사가 돌아간 뒤, 병실로 돌아온 가은 엄마는 잠든 가은 옆에 앉았다. 그리고 복잡한 심정이 뒤섞인 얼굴로 신중하게 고민했다. 몸이 온전히 회복되지도 않은 딸을 데리고 꿈 기록을 하러 가는 게 맞는 일일까 의문이 들었다. 법적 효력이 없는 일에 괜한 시간과 돈을 낭비하는 건 아닐까 걱정도 됐다. 꿈을 수사에 활용한다는 사실이 어쩐지 터무니없게 느껴졌다. 선뜻 판단이 서지 않았다. 한참 동안 지끈거리는 머리를 부여잡고 엄마는 딸을 위한 최선을 고심했다.

그렇게 혼자 생각의 늪에 빠져 있던 가은 엄마는 마침내 결론을 내렸다. 꿈 기록이 잘 되든 안 되든 일단 시도는 해

보기로 했다. 이대로 손 놓고 있을 수는 없었다. 오 형사가 제안한 기회를 잡지 못하고 하염없이 시간만 흘려보내다 사건이 종결되기라도 한다면, 가은 엄마는 그 후에 벌어질 일들이 더 걱정이었다. 아무것도 알아내지 못하고 어떤 것도 해결하지 못한 상태에서 가은이 학교로 돌아간다면 끔찍한 일상이 도돌이표처럼 반복될 터였다. 노력도 해 보지 않고 딸을 학교로 돌려보낼 수는 없었다. 어떻게든 그날의 진실을 반드시 밝혀내겠다고 가은 엄마는 굳게 마음먹었다.

내 아이를 끝도 없는 두려움 속에 내몰고 벼랑 끝에서 밀친 게 누구인지, 내 아이가 긴 시간 동안 혼자서만 품어 온 상처와 고통의 실체가 무엇인지를 제대로 확인하고 알아내야만 했다.

한참 뒤에 잠에서 깬 가은은 엄마에게 드림 레코드 얘기를 전해 들었다.

"해 볼게."

가은의 차분한 대답에는 조금의 망설임도 없었다.

"정말 괜찮겠어? 하기 싫으면 안 해도 돼."

"아냐. 엄마가 괜찮으면 나도 괜찮아. 난 그냥…… 내 꿈

보면 엄마가 힘들까 봐 그게 더 걱정이야."

환자복을 입고 누워 있으면서도 가은은 자신보다 엄마를 더 걱정했다. 엄마에게 가은은 그런 딸이었다. 늘 예쁘고 늘 예쁜 짓만 하던 딸, 제 할 일은 뭐든 알아서 똑 부러지게 해내던 대견하고 기특한 딸, 늦은 밤 식탁에 앉아 혼자 술 한 잔 기울이는 엄마 곁에 다가와 고민을 들어 주고 어깨를 주물러 주던 딸, 사춘기에도 반항 한 번 한 적 없던 딸, 자신보다 엄마 마음을 먼저 헤아릴 줄 알던 딸, 잔소리조차 할 필요 없는 그런 속 깊은 딸이었다.

그런데 정작 엄마는 그러지 못했다. 도와 달라고 울부짖는 딸의 마음을 알아채지 못했다. 마음속에 짙은 먹구름이 끼고 굵은 장대비가 무자비하게 퍼붓고 있다는 걸 엄마는 까맣게 몰랐다. 언제나 상냥하게 웃음 짓는 딸의 가면에 엄마는 깜빡 속고 말았다.

부끄러운 마음이 들면서 가은 엄마는 금세 목이 메고 눈앞이 어룽거리는 것을 느꼈다. 이어 굵직한 눈물방울이 툭 떨어지려는 순간, 그녀는 얼른 몸을 돌려 눈물을 감췄다.

*

그로부터 2주가 흐르고, 통원 치료로 전환해도 좋다는 의사의 말이 떨어졌다. 퇴원 수속을 마친 가은 엄마는 오 형사에게 퇴원 소식을 전하고 가은과 함께 집으로 향했다. 늦은 저녁, 오 형사가 꿈 기록 동의서를 가지고 집으로 찾아왔다. 가은과 엄마는 동의서에 함께 사인을 했다.

다음 날, 가은 엄마와 가은은 드림 레코드에 방문했다. 긴장하며 2층 상담실에 앉아 있을 때 조심스레 노크하는 소리가 들렸다.

"안녕하세요."

문을 열고 들어온 여름이 밝은 얼굴로 인사했다.

"정가은 양 꿈 기록을 맡게 된 주여름이라고 합니다."

"네, 안녕하세요."

가은 엄마와 가은이 여름을 향해 엉거주춤 목례했다.

"네가 가은이구나! 안녕? 꿈 기록은 전에 해 본 적 있니?"

"아뇨, 처음이에요."

여름이 서류 보관함에서 설문지를 꺼내 가은에게 내밀었다.

"그럼 우선 이것 좀 작성해 줄래? 설문지야."

가은은 말없이 고개를 주억거리며 옆에 놓인 펜을 쥐었

다. 가은이 설문지를 작성할 동안, 여름은 가은 엄마와 마주 보고 앉아 본격적으로 프로그램 설명을 시작했다.

"어머님도 얘기 들으셨겠지만 가은이는 특수한 경우라 정기 이용권을 구매하셔야 해요. 일회적인 꿈 기록으로는 성공 확률이 현저히 떨어지거든요."

"들었어요. 많이…… 비싸지요?"

가은 엄마가 걱정스러운 표정으로 물었다.

"아무래도 저렴하지는 않죠……. 그래서 무료 체험권 신청 시기마다 사람들이 몰리는 거고요."

여름은 곤란한 얼굴로 눈썹을 늘어뜨렸다. 그러곤 설명을 마저 이어 갔다.

"정기 이용권은 일주일 권, 2주일 권, 한 달 권 이렇게 세 종류예요. 오 형사님은 한 달 권을 제안하셨고요. 구매하시 면 한 달 동안 여기서 지내면서 매일 꿈을 기록하는 거예요. 가격은 이렇습니다."

여름이 가은 엄마 쪽으로 조심스럽게 가격표를 내밀었다. 가격표를 천천히 살펴보던 가은 엄마는 저도 모르게 마른침을 꿀꺽 삼켰다. 어느 정도 비쌀 거라 각오하고는 왔지만 예상보다 가격이 셌다. 머릿속이 바쁘게 움직이기 시작했다. 모아 둔 돈과 일하는 가게에서 가불받은 월급을 합쳐 계산해 봤지만 턱없이 모자랐다. 다음은 자연스럽게 은행 대출로 생각이 넘어갔다. 그러나 이미 전세 자금 대출을 받은 상태였기에 추가 대출이 나오긴 어려울 것 같았다.

하나둘 떠오르는 생각마다 현실에 부딪혀 바닥으로 곤두박질쳤다. 열심히 머리를 굴려 봐도 마땅한 답이 나오지 않았다. 옆에 앉은 가은을 흘깃 보니 설문지 작성을 거의 마친 상태였다. 가은 엄마의 눈동자가 불안하게 흔들렸다.

그런데 그때, 여름의 명쾌한 목소리가 이어졌다.

"이 가격에서 절반만 지불하시면 돼요."

가은 엄마는 머릿속 생각을 들킨 것 같아 순간 몸을 움찔했다. 이어 눈을 동그랗게 뜨고 물었다.

"네? 왜요?"

"올해부터 정부에서 학교 폭력 관련 사건에 대해서는 특별 수사 보조금을 지원하고 있거든요. 보조금 대상 기관에 저희 드림 레코드도 포함됐고요."

여름이 빙긋 미소 지었다.

"아…… 그런 게 있는 줄은 몰랐네요."

가은 엄마는 작게 고개를 끄덕이면서 다시 계산기를 두드렸다. 머릿속이 팽팽 빠르게 돌아갔다. 원래 가격의 절반이면 은행 대출 없이도 충분히 마련할 수 있는 수준이었다. 고민이 말끔하게 해결된 가은 엄마는 그제야 깊은 안도의 숨을 내쉬었다. 경직돼 있던 온몸의 긴장이 스르르 풀렸다.

설문지 작성과 이용권 접수까지 마친 가은과 엄마는 여름의 안내에 따라 기록실로 향했다. 오늘부터 한 달 동안 가은이 머물게 될 곳은 '꿈 기록실 3'이었다.

"기록실 출입은 원래 본인만 가능해요. 근데 가은이는 미성년자라 보호자 한 명까지 출입이 가능하고요. 로비랑 기록실 출입할 때 이거 찍고 들어오시면 돼요."

여름이 가은 엄마에게 출입 카드를 내밀었다. 검은색 플라스틱 카드에 '꿈 기록실 출입 카드(보호자용)'이라는 노란색 글씨가 새겨져 있었다. 별처럼 반짝거리는 금색 테두리와 카드 오른쪽 위에 자그맣게 그려진 노란 달 그림이 눈에 띄었다. 아기자기하고 세련된 예쁜 카드였다. 그 밖에 여러 가지 유의 사항과 안내 사항을 빠짐없이 전달한 여름은 가은 엄마에게 명함을 건네주면서 궁금한 게 있으면 언제든 연락 달라는 말을 남기고 기록실을 나갔다.

드림 레코드에서 머무는 동안 가은은 병원과 드림 레코드를 오가며 생활했다. 진료 예약이 잡힌 날이면 엄마와 함께 병원에 가서 치료받고, 저녁이 되면 기록실로 돌아와 잠을 자고 꿈 기록을 했다. 가은 엄마는 이른 저녁까지 가은과 시간을 보내다가 출근 시간이 되면 드림 레코드를 빠져나와 가게로 향했다. 그리고 새벽이 되어서야 주황색 가로등 불빛이 비추는 인적 드문 거리를 지나 기록실로 돌아왔다. 잠든 가은을 확인하고 엄마도 그 옆에 조용히 누워 잠을 청했다. 고요한 기록실 안에는 두 사람의 숨소리만이 잔잔히 맴돌았다.

*

가은이 드림 레코드에서 꿈 기록을 시작한 지도 어느새 2주를 넘어서고 있었다.

꿈 기록 당사자인 가은은 꿈 영상을 시청하는 일에서 제외됐다. 엄마와 담당 직원인 여름, 이렇게 둘이서만 매일같이 상영관에서 영상을 시청했다. 아직 기억을 찾지 못한 환자가 자신의 잃어버린 기억을 직접 눈으로 보게 되면 정신적 충격으로 트라우마가 생길 수 있다는 의사의 조언 때문이었다. 기억을 떠올리려고 억지로 노력하는 과정에서 오히려 다른 온전한 기억이 상실될 수 있다는 경고를 의사는 함께 덧붙였다. 무의식은 의식이 기억하지 못하는 부분을 기억해 내기도 하지만, 안전에 위협을 느낄 때는 자신을 살리기 위해 반대로 기억을 지워 버리기도 한다는 게 그 이유였다.

"…… 오늘도 없네요."

꿈 상영이 끝나고 스크린이 꺼지자, 가은 엄마가 의자 등받이에 쓰러지듯 몸을 기대며 말했다.

"그날 일은 대체 언제쯤이면 가은이 꿈에 나올까요. 이러다 한 달 다 채울 때까지 안 나오면……."

가은 엄마가 힘 빠진 목소리로 한숨 섞인 푸념을 늘어놓았다. 옆에 앉은 여름은 안타까운 얼굴로 가은 엄마의 표정을 살피며 조심스럽게 말했다.

"가은이 스스로 그날 일을 기억하지 않으려고 머릿속에서 자꾸 밀어내고 있는 것 같아요. 쉽지는 않을 거예요. 방어적인 기질은 누구에게나 잠재되어 있으니까요. 그래도 가은이가 조금만 더 마음을 열어 주면, 의식적으로 좀만 더 노력해 준다면 무의식이 의식보다 더 빠르고 정확하게 기억을 불러올 수도 있을 텐데, 참 아쉽네요."

여름은 자리를 바로 뜨지 않고 한동안 가은 엄마의 옆을 지켰다.

이후로도 꿈 기록은 계속되었다. 하지만 가은의 꿈속에서도, 현실에서도 사건 해결에 직접적인 도움이 될 만한 그 어떤 것도 나타나지 않았다. 사건은 여전히 미궁 속을 헤매고 있었다. 분명히 추락 사고가 있었고 사고 현장에는 가은 말고도 누군가 더 있었지만, 한쪽은 기억을 잃었고 다른 한쪽은 아무 일 없던 것처럼 태연하게 평소와 같은 일상을 보내고 있었다.

꿈을 기록하면서 소득이 전혀 없는 것은 아니었다. 꿈 영상을 통해 가은 엄마는 그동안 딸을 괴롭힌 주체와 방식과 원인을 알게 되었다. 주체는 두말할 것 없이 그 애들이었고, 방식은 희롱과 욕설부터 시작해 심부름, 금품 갈취, 신체 폭력까지 없는 게 없을 정도였다.

원인은 학교 화장실에서 벌어진 실수였다. 손을 씻고 핸드 드라이어에 젖은 손을 말리던 가은이 발을 헛디뎌 거울 앞에서 화장 중이던 태희와 살짝 부딪혔다. 순간 태희가 들고 있던 팩트가 바닥으로 떨어지면서 압축된 파우더가 박

살 났다. 태희 얼굴이 확 일그러졌다.

가은은 곧바로 사과하고 다음 날 똑같은 화장품을 사 와서 건넸지만, 태희는 그걸 받는 대신 가은을 괴롭히면서 쾌락을 얻는 쪽을 택했다. 다섯 명 대 한 명. 애초에 힘의 균형이 맞지 않는 일방적 괴롭힘이 쭉 이어졌다. 가은에게는 지옥 같은 날들의 연속이었다. 드림 레코드에서 가은은 최소 이틀에 한 번꼴로 비슷한 꿈을 꾸었다. 꿈속에서 가은을 밀치고 때리며 폭언을 퍼붓는 태희 무리의 태도는 하나같이 뻔뻔했고 또 수치를 몰랐다.

회색으로 얼룩진 가은의 꿈을 볼 때마다 엄마는 가슴을 부여잡고 한없이 자신을 탓했다. 그 시간을 함께하는 여름도 옆에서 함께 흔들리며 아파했다. 가은의 꿈 영상에서 여름은 학창 시절 자신을 짓밟고 깔보고 물건 대하듯 하던 아이들의 얼굴이 생생하게 겹쳐 보였다. 그들에게 그때 왜 그랬느냐고 묻는다면 돌아올 대답은 뻔했다. 만만해서, 마음에 들지 않아서, 딴 애들도 그러니까. 세상의 수많은 '그 애들'이 지껄이는 핑계는 입을 맞춘 듯 비슷했고, 솜털보다 가벼운 말과 행동은 오래도록 묵직하게 피해자들의 삶을 뒤흔들었다. 어른보다 영악한 행동을 일삼으면서 단지 나이가 어리다는 이유로 용서받는 가해자들이 판을 치는 세상.
이젠 세상이 바뀌어야 할 때라고 생각하면서 여름은 입술
을 질끈 깨물었다.

그날의 진실

＊

　벌써 며칠째 거대한 먹구름이 꾸물거리며 하늘을 온통 뒤덮고 있었다. 짙게 낀 먹구름은 햇살 한 줌도 내어 주지 않았다. 분명히 존재하지만 꼭꼭 숨은 태양처럼 그날의 진실 또한 좀처럼 모습을 드러내지 않았다. 구름 뒤에 가려진 진실에 도달하기 위해선 피해자의 용기와 가해자의 양심이 필요했지만 양쪽 모두 꺼내 보일 생각이 없어 보였다.

　한편 달구어진 냄비처럼 화르르 끓어올라 태희 무리를 적대시하던 학교 아이들의 관심은 이제 조금씩 다른 가십거리들로 옮겨 갔다. 가은의 추락 사고는 피해자만 있고 가해자는 없는 의문의 사고, 혹 단순 사고 따위로 마무리 지어지는 듯 보였다.

　시간이 갈수록 가은 엄마는 점점 더 초조하고 불안해졌다. 학교 측에서는 진상 규명을 위해 최선을 다하고 있다는 말을 반복했지만 정작 들려오는 소식은 없었다. 게다가 무리해서 비싼 돈을 주고 구매한 꿈 기록 정기 이용권은 어느덧 일주일만을 남겨 놓고 있었다.

겉으로 보기에 가은은 그런대로 괜찮아 보였다. 몸은 빠른 속도로 회복되고 있었고 종종 엷은 미소를 짓기도 했다. 진짜 문제는 보이지 않는 곳에 있었다. 가은의 마음은 찬 바닥에 내팽개쳐진 니트처럼 오그라들고 무기력해져 있었다. 사고 당일만 기억하지 못할 뿐 가은은 온갖 모욕에 시달리던 고통스러운 나날들을 하나도 빠짐없이 기억했다. 지우고 싶은 기억은 꿈결에도 되살아나 가은을 괴롭혔다.

병원 치료를 마치고 드림 레코드로 돌아온 가은은 익숙하게 3층 상담 치료실로 향했다. 드림 레코드에서는 트라우마 극복이나 기타 특수한 이유로 꿈 기록을 하는 경우, 추가 옵션을 선택하면 꿈 기록과 함께 전문 상담 치료도 받을 수 있다. 특수한 이유로 회사를 찾은 가은은 당연히 심리 치료 병행 대상에 속했다.

똑똑.

누군가 치료실 문을 짧게 두드리고는 밝은 얼굴로 들어왔다. 상담사일 거라 생각한 가은은 조금 놀란 듯 눈이 커졌다.

"안녕, 가은아!"

"안녕하세요……. 근데 왜 언니가 왔어요?"

"오늘만 나랑 수다 떨자."

하루만 학교 가지 말자고 꼬드기는 친구처럼 여름이 한쪽 눈을 장난스럽게 찡긋했다.

"이거 마셔."

여름은 들고 있던 컵 캐리어에서 아이스초코를 꺼내 가은 앞에 놓고는 자기 몫의 커피를 꺼내 들고 가은의 맞은편 의 자에 앉았다.

"밥은 먹었어?"

"네."

"다른 건 몰라도 여기 밥은 진짜 맛있지?"

"네."

가은은 묻는 말에만 짧게 대답했다. 대화를 이어 나가려 는 의지도, 분위기를 어색하게 만들지 않으려는 의욕도 없 어 보였다. 그런 무심한 반응에도 아랑곳하지 않고 여름은 상냥한 표정으로 말을 계속 걸었다.

"여기서 지내면서 답답하진 않아?"

"괜찮아요."

"불편한 건 없고?"

"저녁엔 혼자 있으니까 좀 심심한 것 빼곤 딱히 없어요."

가은은 빨대로 아이스초코를 휘휘 젓고는 맛을 보았다. 가은의 눈동자가 살짝 흔들렸다. 생각보다 맛있었다. 입 안에 휘핑크림과 초코시럽의 시원한 달콤함이 가득 퍼졌다. 기분이 한결 나아지는 것 같았다. 이내 적극적으로 아이스초코를 쪽쪽 빨아들이는 가은을 보면서 여름은 귀엽다는 듯 빙그레 미소 지었다.

"맛있지?"

"네."

"여기 1층 카페 바리스타가 일을 참 잘해."

"그런 것 같아요."

당을 충전한 탓인지 가은의 표정이 차츰 편안하게 풀어졌다.

"오늘은 컨디션 좀 어때?"

"좋아요. 계속 좋아지고 있어요."

"좋아지고 있는 거…… 진짜 맞아?"

여름의 얼굴에서 돌연 웃음기가 사라지고 진지함이 어렸

다. 여름은 테이블 위에 깍지 낀 손을 올려놓고는, 크고 또렷한 눈으로 가은의 눈을 가만히 바라보았다. 예상치 못한 질문에 당황한 가은은 두 눈을 끔벅였다.

둘 사이에 짧은 정적이 흘렀다. 벽시계의 초침 소리만 재깍재깍 공간을 울렸다.

"좋아지고 있다고 생각하는 거랑 진짜로 좋아지는 건 다른 거야, 가은아."

여름이 침묵을 깨고 입을 열었다.

"나도 그렇게 믿었어. 좋아지고 있다고. 시간이 더 지나면 전부 잊힐 거고, 나만 잊으면 별일 아닌 거라고. 근데…… 그게 아니더라."

차분하게 말하는 여름의 목소리에서 씁쓸함이 묻어났다. 다음에 나올 말이 궁금한 듯 가은이 눈을 동그랗게 떴다. 여름은 잠시 말을 끊어 일부러 호기심을 유발했다.

"무슨 일 있으셨어요?"

결국 궁금증을 이기지 못한 가은이 대뜸 물었다. 여름은 얼굴에 엷은 미소를 띤 채 얼마간 허공을 바라보다가, 이내 자세를 고쳐 앉았다. 그러고는 오늘 가은에게 들려주고자 했던 자신의 묵은 이야기를 차근차근 늘어놓기 시작했다.

"중학교 1학년 때 삼총사처럼 어울려 다니던 친구들이 있었어. 난 좀 소심하고 내성적인 편이었는데, 그 애들은 둘 다 성격도 활발하고 꾸미기도 잘 꾸며서 인기가 많았어. 좀 충동적이고 다혈질이긴 해도 쿨하고 재밌는 친구들이었지. 근데 문제는, 싸워도 너무 싸운다는 거였어. 둘 다 성격이 불같아서 자주 부딪쳤거든. 난 항상 중간에서 고래 싸움에 등 터지는 새우였고. 한번은 둘이 좀 크게 싸우고 며칠 동안 한마디도 안 한 적이 있었거든? 본인들도 답답했는지 서로 번갈아 가면서 나한테 하소연을 하는 거야.

난 뭐, 내가 판사도 아니고 양쪽 입장이 다 이해되기도 해서 그냥 들어 주기만 했지. 그랬구나, 속상했겠구나, 하면서 공감도 해 주고. 근데 그러고 나서 한 일주일쯤 지나서였나? 학교 갔는데 둘이 아무 일 없던 것처럼 붙어서 웃고 떠들고 있더라. 다행이다 싶었지. 어쨌든 화해했다는 거니까. 중간에서 불편했는데 잘됐다는 생각도 했고. 근데…… 둘이 날 보는 눈빛이 너무 싸한 거야. 왜, 여자들은 바로 느낄 수 있잖아. 뭔가 불안한 느낌."

여기까지 말한 여름이 잠시 숨을 골랐다. 가을은 아이스초코를 쭉쭉 빨아 마시면서 귀를 쫑긋 세웠다. 어느덧 여름의 이야기에 푹 빠져든 가은은 이어질 말을 은근히 기다리고 있었다.

"난 늘 싸움을 말리는 입장이었고, 양쪽 얘기 들어 주면서 공감해 준 죄밖에 없는데, 뜬금없이 나한테 화살이 쏟아지더라고."

여름이 천천히 다음 이야기를 풀어 나갔다.

"내가 둘 싸움을 부추겼다는 거야. 매번 이런 식으로 자기들 이간질했던 거냐고 따지더라. 둘이 싸울 때마다 내가 무슨 기회라도 잡은 사람처럼 뒤에서 열심히 둘을 이간질했대. 나 때문에 오해가 쌓여서 더 오래 싸우고 더 크게 싸웠던 거래. 어이가 없었어. 너무 억울해서 내 입장을 설명하려고 하는데 둘 다 들은 체도 안 하더라. 나한테 일방적으로 막 화를 내는데 네가, 감히, 기껏 놀아 줬더니 같은 말들이 섞여 나오더라고."

"친한 친구들이라면서…… 어떻게 갑자기 그래요?"

듣다 못한 가은이 미간을 찌푸리며 물었다.

"아마 우리 같은 인싸가 너 같은 아싸 하나 구제해 준 거다, 우리랑 넌 동급이 아니다, 뭐 그런 뜻이었겠지. 평소에도 날 좀 만만하게 생각한다곤 느꼈지만, 설마 그 정도일 줄

은 몰랐어. 갑자기 돌변해서 다다다 쏟아 내니까 어안이 벙
벙했지. 게다가 서운해하거나 오해를 풀 틈도 없었어. 그 둘
이 반에서 영향력이 컸거든. 하루도 안 돼서 반 애들까지 가
세하더라고. 뭐, 처음엔 우리한테 관심이 없거나 중립적으
로 바라보는 애들도 있었을 거야. 근데 시간이 갈수록 애들
이 점점 하나로 뭉쳐지더라고. 무리에서 떨어져 나간 애한
테는 응당 그래도 된다는 듯이, 다수는 옳고 소수는 틀리다
는 듯이…… 그렇게 굴었어. 대놓고 경멸하고 짓밟고.”

이야기에 몰입한 가은은 심각한 표정으로 여름을 바라보
았다.

“그때부터 중학교 졸업할 때까지 괴롭힘이 내내 이어졌
어. 한번 그렇게 분위기가 형성되니까 학년이 올라가도 나
에 대한 인식은 안 바뀌더라고. 학교 애들한테 난 그냥 친
구들 이간질이나 하는 여우 같은 애일 뿐이었어. 은근히 째
려보거나 눈치 주거나 비웃거나 무시하는 애들이 대부분이
었고, 몇몇은 대놓고 때리기도 했어. 그걸 몇 년을 겪었어
도…… 도무지 익숙해지지 않더라. 죽고 싶을 만큼 괴로웠
어. 매일매일. 한번은 진짜 죽으려고 학교 옥상에 올라간 적
도 있었고. 아, 이건 부모님도 모르는 비밀이야. 너랑 나만

아는 비밀."

여름이 동의를 구하듯 눈빛을 보내자 가은은 순한 양처럼 고개를 작게 끄덕거렸다.

"보다시피 죽지는 못했어. 죽는 것도 엄청난 용기가 필요하더라고."

그때를 회상하며 여름은 쓴웃음을 머금었다. 그리고 말을 이었다.

"그렇게 몇 년 동안 당하기만 하다가 중학교 마지막 겨울 방학 때 이사를 가게 됐어. 부모님 직장 문제로. 고등학교는 이사 간 동네에서 다녔고. 나름대로 새 출발을 하게 된 거지. 고등학교에서 사귄 친구들은 다행히 어른스럽고 의리 있는 따뜻한 애들이었어. 그 친구들이랑 지내면서 참 행복했어. 내가 이래도 되나 싶을 정도로. 학교생활의 즐거움도 되찾았고."

갈증을 느낀 여름이 잠시 커피를 들이켜는 동안 가은은 생각에 잠겼다.

'나중에 좋은 친구들을 만나면 나도 다 잊고 행복해질 수 있을까?'

가은의 머릿속에 물음표가 홀연히 떠올랐다. 하지만 스스로 떠올린 질문에 선뜻 대답할 수 없었다. 그럴 것 같기도, 아닐 것 같기도 했다. 그보다 좋은 친구들을 사귈 수는 있을지, 다시 친구를 만들 용기를 낼 수는 있을지 확신이 안 섰다. 하아, 혼란해진 가은의 입에서 작은 한숨이 터져 나왔다.

그런 가은의 생각을 읽은 듯 여름이 다시 입을 열었다.

"그때까지만 해도 아무 문제 없다고 생각했어. 과거는 과거일 뿐이니까, 좋은 친구들 만나서 괜찮아졌으니까, 이젠 나도 남들처럼 평범하게 살 수 있을 거라 믿었어. 그랬는데…… 그건 내 자만이었어."

중학교를 졸업하고 고등학교를 졸업하고 성인이 되었다. 아픈 기억은 흘러가는 시간 속에서 무뎌질 만큼 무뎌졌다고 생각했다. 그러나 무뎌진 기억은 불현듯 나타나 여름의 가슴을 날카롭게 찔렀다. 시간이 약이란 말은 누구에게나 통용되는 건 아니었다. 트라우마로 각인된 기억은 꾹꾹 눌러 담아도 현실에서든 꿈속에서든 용수철처럼 다시 튀어 올랐다. 익숙한 얼굴, 익숙한 실루엣, 익숙한 말투, 익숙한 냄새를 가진 사람들과 마주할 때마다 여름은 그때의 기억이 아지랑이처럼 피어올랐다. 현실에서는 자리를 피하면 그만이었지만 악몽 속에서는 저항할 힘도, 방법도 없었다. 꿈에서 깨고 나면 식은땀으로 베개가 흥건히 젖어 있었다.

"한 번씩 그러고 나면…… 정말 순식간에 무너지더라고."

담담하게 털어놓는 여름의 이야기 속에서 자신의 미래를 보기라도 한 듯 가은은 불안한 얼굴로 부르르 몸을 떨었다. 가은의 감정이 두 갈래로 뻗었다. 지금의 아픔과 고통이 좀비처럼 계속 되살아나 평생 자신을 괴롭힐 거란 불안감이 먼저 엄습했다. 한편으로는 가장 강력했을 추락 사고 당일의 기억을 잃어버린 것이 다행이라는 안도감도 들었다.

커피 한 모금을 마신 여름은 컵에 맺힌 물기를 손으로 스윽 문지르면서 조금은 촉촉해진 목소리로 말을 이었다.

"그런 말이 있더라. 인생은 원래 멀리서 보면 희극, 가까이서 보면 비극이라고. 누구나 자기만의 아픔이 있는 거라고. 다들 그렇게 견디면서 살아가는 거라고. 근데 안 되는 것도 있더라. 억지로 누르면 내가 다치는 칼날 같은 기억도 있는 거더라고. 칼날이 살갗을 계속 파고드는데 그걸 외면하고 견뎌 낼 순 없는 거잖아."

"……."

"어떻게든 버텨 보려고 발버둥 치는데 어느 순간 내가 너무 아슬아슬해 보이는 거야. 여기저기 금이 간 얇디얇은 유리 같았달까. 누가 톡 건드리면 와장창 부서질 것 같았어."

가은은 자신의 심정을 여름이 대신 말로 표현해 주는 것 같아 신기할 지경이었다. 공감을 넘어서 여름과 하나됨을 느끼는 순간, 문득 궁금증이 일었다. 언니가 말하려는 건 뭘까. 단순한 하소연? 동병상련의 위로? 아니면…… 기억을 완전히 지우고 새롭게 살아갈 수 있는 비법?

"좋아질 방법은 없는 거예요?"

가은이 머뭇머뭇 입을 떼자 여름의 눈매가 부드럽게 휘었다.

"있지."

"어떻게요?"

마음이 앞선 가은이 곧바로 재촉하듯 물었다. 자신과 비슷한 아픔을 겪었지만 그렇다고 삶을 통달했다 보기엔 지나치게 젊어 보이는 여자가, 자신에게도 그 비결을 알려 줄 현명한 어른이기를 기대하면서.

"용기를 내야 돼."

단도직입적으로 묻는 가은에게 여름도 시원하게 대답했다.

"무슨 용기요?"

"그날 일을 더는 밀어내지 않고 네 아픔을 직면할 용기."

여름이 가은의 눈을 가만히 응시하면서 강조하듯 꾹꾹 눌러 말했다.

"그날 일이요? 그건 저도 기억이 잘……."

난감한 얼굴로 말끝을 흐리는 가은을 향해 여름은 단호하게 고개를 저었다.

"분명 기억할 수 있을 거야. 꿈도 그래. 자긴 절대 꿈을 안 꾼다고 말하는 사람들조차 꿈을 꿔. 밤을 새우지 않는 이상 꿈은 꾸는 거고, 치매에 걸리지 않는 이상 기억을 영원히 잃어버릴 일도 없어. 물론 예외도 있겠지만 내 생각은 그래. 그래서 난 네가 조금만 더 용기 내 주면 좋겠어. 꿈에서 네 무의식이 자유롭게 흐르면서 마음껏 춤출 수 있게 꼭꼭 잠가 둔 마음의 빗장을 풀어 줘. 그러면 기억 찾기가 훨씬 수월해질 거야."

진심이 담긴 여름의 목소리가 상담실 안을 가득 채웠다.

"그렇지만…… 의사 선생님이 그랬어요. 기억 안 나는 걸 억지로 기억하려고 하지 말라고. 그러다 두통도 심해지고 몸도 아플 수 있다고……."

"억지로 기억하란 게 아니야."

쉽게 납득이 가지 않는 듯 가은이 고개를 갸우뚱했다. 여름은 테이블 위로 올라온 가은의 손등에 자기 손을 살포시 얹었다. 따뜻한 기운이 전해지면서 가은은 마음이 말랑해지는 걸 느꼈다.

"피하고 싶은 아픈 기억을 마주한다고 해도 그걸 온전히 받아들이겠다는 용기를 내는 거야. 아프고 힘든 나를 내가 직접 안아 줘야 돼. 안 좋은 감정이나 기억들도 전부 내 것이고 내 삶의 일부니까. 내가 알아주지 않고 자꾸 외면하면 그 아픔은 절대 사라지지 않아. 아픔을 직면하는 게 썩 유쾌한 일은 아니지만 연약했던 과거의 나를 안아 주고 토닥토닥해 줄 수 있는 지금의 나는 그래도 조금 더 성장한 나겠지. 그렇게 조금씩 조금씩, 앞으로 나아가는 거야."

"언니도 그렇게 극복한 거예요?"

"응. 여기서."

대단한 비밀이라도 발설하듯 여름의 얼굴에 묘한 미소가 걸렸다.

"예전에 여기서 꿈 기록하다가 우연히 방법을 터득했어. 하필 그날 꾼 꿈이 악몽이었거든. 중학교 때 괴롭힘당했던 경험이 생생하게 재현된 꿈. 그다음 날 상영관에서 처음으로 중학생이었던 내 모습을 마주하는데 묘하더라고 기분이. 그저 외면하기 바빴었는데 눈으로 직접 보니까 뭔가 짠하고 안아 주고 싶더라. 그러고 나서 몇 번 더 꿈 기록하면서 나를 인정하고 보듬어 주는 법을 제대로 알게 됐어.

과거의 기억이 지워진다거나 하는 건 아니었지만 확실히 달라진 건, 힘든 기억이 문득문득 떠올라도 더 이상 무너지지 않게 됐다는 거야. 나한테는 이제 나를 품어 주고 위로해 주는 든든한 내가 있으니까. 뭐랄까, 금 간 유리에서 강화 유리로 업그레이드됐다고 해야 할까……?"

여름이 하얀 치아를 드러내며 환하게 웃었다. 그런 여름을 바라보며 가은은 마치 꿈을 꾸는 사람처럼 한동안 멍한 표정으로 앉아 있었다. 이내 시선을 떨군 가은의 눈가에는 그렁그렁 굵다란 눈물방울이 맺혔다.

가은과 여름의 특별 상담은 그렇게 끝이 났다.

*

다음 날부터 가을비가 추적추적 내렸다. 온종일 하늘이 흐리고 빗줄기가 유난히 거셌다. 빨갛거나 노랗거나 색이 바랜 낙엽들이 빗속에서 서로 엉겨 붙은 채 길가에 처량하게 나뒹굴었다. 비에 젖은 꽃과 풀은 잔뜩 웅크리고 숨을 죽였다. 우산 펼친 사람들이 드문드문 길을 지났지만 말소리도 발소리도 세상을 온통 뒤덮은 빗소리에 묻혀 희미하게 스러졌다. 거리는 시나브로 스산함에 젖어 들었다.

가은의 꿈속은 여전히 지옥이었다. 철저하게 짓밟히던 나날들이 꿈을 무대로 쉬지도 않고 자주 펼쳐졌다. 그럼에도 그날의 기억만은 깊은 동굴로 꼭꼭 숨어 좀처럼 모습을 드러내지 않았다. 처지는 날씨만큼 가은 엄마의 주름 짙은 얼굴도, 마른 어깨도 축 늘어졌다. 연일 꿈을 기록하고 꿈 상영관에 드나들기를 반복했지만 기대와 실망의 연속이었다. 정해진 한 달이 다 되어 가도록 가은의 꿈에서 아무 단서도 찾지 못한 형사들은 사건 해결에 활력을 잃고 조금씩 지쳐 갔다. 어떻게든 시간을 붙잡고 싶은 가은 엄마의 간절한 바람과 달리, 시간은 성실하게 앞으로 계속 흘러갔다.

드디어 가은의 꿈 기록 마지막 날이 밝았다. 두꺼운 암막 커튼을 두른 듯 해를 내어 주지 않던 검은 비구름이 개고,

오랜만에 구름 한 점 없는 맑은 하늘에 눈부신 햇살이 퍼졌다. 가은의 꿈 기록실에도 전등보다 환한 가을 햇살이 쏟아져 들어와 가은의 갈색 머리 위에서 유리알처럼 반짝거렸다.

똑똑.

"어머님, 상영관 들어가실 시간이에요. 5분 뒤에 상영관에서 뵐게요."

기록실 문을 살짝 열고 여름이 조용한 목소리로 가은 엄마에게 말했다. 집에서 가져온 여행용 가방을 펼쳐 놓고 주섬주섬 짐을 싸던 가은 엄마의 손이 바빠졌다.

"오셨어요?"

스크린 아래에서 상영 준비를 하고 있던 여름이 가볍게 목례했다.

"네······."

힘없는 대답과 함께 가은 엄마가 무척 지친 얼굴로 앞쪽 의자에 앉았다. 기계에 USB를 꽂은 여름도 가은 엄마 옆자리로 가 앉았다. 상영관 불이 한꺼번에 탁 꺼졌다. 여름은 슬며시 두 손을 모으고 제발 오늘은 기적이 일어나길 기도했다. 곧이어 스피커에서 특유의 지직거리는 기계음이 짧게 울리더니, 가은의 마지막 꿈 상영이 시작됐다.

첫 번째 꿈은 파란 나비 꿈이었다. 매혹적인 무늬를 가진 수백 마리의 파란 나비들이 우아한 날갯짓으로 하늘을 수놓는 장면이 화면을 가득 채웠다. 나비들이 팔랑거릴 때마다 공중에 찬란한 금가루들이 무수히 쏟아져 오로라처럼 빛을 발했다. 멀리서 하늘을 올려다보던 가은은 어느새 나비들 중 하나가 되어 산지사방을 누볐다. 신비롭고 몽환적인 꿈이었다.

꿈이 상영되는 동안 가은 엄마는 좀처럼 화면에 집중하지 못했다. 영상이 끝나면 가은이는 이제 어떻게 되는 걸까? 제대로 수사 한번 못 해 보고 사건이 종결되는 건 아닐까? 범인이 섞여 있을지도 모르는 학교에 가은이를 다시 보내는 게 정말 맞는 걸까? 걷잡을 수 없는 뒤숭숭한 생각들로 머릿속이 진흙탕처럼 혼탁해졌다. 의지와 상관없는 깊은 한숨이 자꾸만 흘러나왔다.

"어어……?"

깜짝 놀란 여름의 목소리에 가까스로 정신을 차린 가은 엄마는 화면에 시선을 고정했다. 그 순간, 초점 없던 가은 엄마의 동공이 커다랗게 확장됐다. 화면 속 장소는 바로 학교 복도 끝 공간, 가은이 추락했던 그곳이었다. 그토록 기다려 온 그날의 진실이 눈앞에 펼쳐지기 시작했다. 방금 전까지만 해도 새까맣게 머리를 어지럽히던 모든 것들이 단번에 비워지고 시야가 선명해졌다. 무릎 위에 올린 가은 엄마의 손이 가늘게 떨려 왔다.

험악한 분위기를 조성하며 다섯 명의 아이들이 가은을 둘러쌌다. 그 애들이다.

퍽!

우두머리로 보이는 태희의 주먹이 순식간에 가은의 복부에 꽂혔다. 둔탁한 소리와 함께 가은이 맥없이 바닥으로 고꾸라졌다. 이어 하이 톤으로 깔깔거리는 혜진, 세나, 유린, 아린의 웃음소리가 화면 밖에서 들려왔다.

"하여간 좋게 말하면 못 알아 처먹지."

태희가 싸늘한 표정으로 주먹 쥔 손을 다른 손으로 문지르며 말했다.

"뒤지고 싶지 않으면 빨리 돈 가져와라."

"존나 빡치게 하네 진짜."

"드러운 년."

다른 애들 입에서 거친 말들이 이어졌다.

가은이 느꼈을 수치심과 고통이 거대한 스크린을 뚫고 두 사람에게 고스란히 전해졌다. 여름은 벌어지는 입을 한 손으로 틀어막은 채 아무 말도 하지 못했다. 가은 엄마의 눈에 서린 분노는 용암이 분출하기 직전처럼 서서히 팽창하고 있었다.

그때였다. 예상치 못한 상황이 벌어진 건.

"야, 매점이나 가자."

화면 속에서 한 아이가 툭 말을 뱉었다. 그리고 그 말을 끝으로, 질질 슬리퍼 끄는 소리와 함께 가은을 괴롭히던 아이들이 화면 밖으로 전부 사라졌다.

사고 현장에 혼자 남은 가은을 보며 가은 엄마의 얼굴이 창백하게 굳어 버렸다. 분노에 휩싸여 금방이라도 폭발할 것만 같던 가은 엄마의 눈빛은 돌연 그 대상을 잃고 당혹스러움으로 바뀌었다.

이게 아닌데……. 이럴 리가 없는데…….

가은 엄마의 눈동자가 사정없이 흔들렸다. 그 애들을 용의자로 점찍었던 것은 단순한 의심을 넘어선 확신에 가까웠다. 그런데 지금, 그 확신이 물거품처럼 허무하게 사라져 버렸다. 그 애들의 진술 중 때리지 않았다는 말은 거짓이었지만, 밀치지 않았다는 말은 믿고 싶지 않은 진실이었다. 출구 없는 미로에 갇힌 것처럼 갑갑하고 어지러웠다.

"저건 꿈이니까요……. 사실이랑은 다를 수도 있어요."

당황스러운 건 여름도 마찬가지였다. 화면 속 다섯 괴물들이 어쩌면 이번 사건과 무관할 수 있다는 사실은 여름에게도 몹시 거북하고 불쾌하게 다가왔다. 하지만 여름은 드림 레코드 직원으로서 평정심을 되찾고 고객을 침착하게 위로해야 했다.

"하……."

가은 엄마 입에서 긴 한숨이 새어 나왔다. 심하게 엉킨 실타래처럼 머릿속이 뒤죽박죽 엉켜서 정리되지 않았다. 관자놀이 부위로 지끈거리는 두통이 밀려왔다. 가은 엄마는 손가락으로 관자놀이를 문지르면서 잠시 눈을 감았다.

가은의 꿈은 계속 이어졌다. 맞은 부위가 아픈지 한 손으로 배를 움켜잡은 가은이 다른 손으로 땅을 짚고 천천히 몸을 일으켰다. 그리고 삐걱거리는 소리를 내는 문을 열고 그곳을 빠져나왔다. 비틀거리며 교실로 향하는 힘없는 걸음 소리가 다박다박, 낮고 느리게 이어졌다. 그러다 복도를 걷는 가은의 발소리가 불현듯 멈췄다. 동시에 생각지도 못한 목소리가 불쑥 등장했다.

"가은아."

왠지 낯설지 않은 목소리가 가은 엄마 귓속을 파고들었
다. 눈이 번쩍 뜨인 가은 엄마는 얼른 고개를 들어 올렸다.

화면 속에는 젊은 남자가 서 있었다. 가은의 담임이었다.

"선생님이랑 잠깐 얘기 좀 할까?"

신사적이고 다정한 얼굴로 앞장선 담임이 가은을 데리고
어딘가로 향했다. 잠시 후 둘이 도착한 곳은 교실도, 교무실
도, 운동장도 아닌 방금 전까지 가은이 태희 무리에게 괴롭
힘을 당한 곳이었다. 그곳에 담임과 가은이 마주 보고 섰다.

가은 엄마는 이유 모를 불길한 예감에 사로잡혔다. 심장
박동이 점점 빨라지기 시작했다.

"선생님, 여긴 왜……."

"그냥. 조용한 곳에서 상담 좀 하려고."

"……."

"그래, 요새 별일 없고?"

"네."

"진짜 없어?"

"네?"

"흠……. 사실 선생님이 몇 번 봤었거든."

"네? 뭘요?"

담임의 입에서 알 수 없는 말들이 자꾸 나오자 의도를 모르는 가은은 되묻기만 했다.

"태희네 애들. 걔네가 너 괴롭히는 거 아냐?"

"……."

"맞지?"

"……."

"괜찮아. 선생님한테 다 얘기해 봐."

"……."

가은이 아무 말 못하고 고개를 떨궜다.

"가은아."

"네."

"선생님이 도와줄까?"

"…… 어떻게요?"

가은이 고개를 들고 떨리는 눈동자로 담임을 바라봤다. 어둠 속에서 한 줄기 빛을 발견한 것처럼, 고양이에게 쫓기는 쥐가 쥐구멍을 발견한 것처럼 가은의 눈에서 희망의 빛이 희미하게 새어 나왔다.

가은 엄마는 의심을 버릴 수 없었다. 이상하게 속이 메슥거렸다. 담임의 부드러운 듯하면서도 느끼한 말투와 상냥해 보이지만 속을 알 수 없는 능글능글한 얼굴에서 가은 엄마는 문득 뱀이 떠올랐다.

"뭐든. 가은이가 원하는 대로."

담임이 팔짱 낀 팔을 풀더니 느닷없이 가은의 어깨 위로 슬며시 손을 얹었다.

"네가 원하면 당장 학폭위도 열어 줄 수도 있고……. 아니면 선생님이 걔네들 따로 불러서 혼내 줄 수도 있고……."

눈이 반쯤 풀린 담임의 얼굴이 조금씩 상기되어 갔다. 당황한 가은이 어깨를 움찔하며 시선을 피하자 담임의 손길이 이번에는 가은의 얼굴 쪽으로 향했다. 꿈틀거리는 뱀처럼 가은의 볼을 부드럽게 어루만지던 손은 미끄러져 이내 귓불을 쓰다듬었다.

"왜, 왜 이러세요. 선생님……."

담임의 손을 피해 가은이 다급히 상체를 뒤로 뺐다.

"놀라지 마. 선생님은 그냥…… 도와주고 싶어서 그래."

담임은 풀린 눈으로 덫에 걸린 사냥감을 바라보듯 가은을 보면서 침을 꿀꺽 삼켰다. 담임이 한 발 다가섰다. 겁에 질린 가은은 두 발 뒤로 물러섰다.

"가은이 아빠 안 계신 거 알아. 선생님이 아빠처럼 한번 안아 줄게. 이리 와 봐."

입가에 음흉한 미소를 머금은 담임이 난데없이 양팔을 벌렸다. 그리고 가은을 향해 성큼 다가섰다. 귀신이라도 본 듯 소스라치게 놀란 가은이 주춤주춤 뒷걸음질을 쳤다. 한 발, 두 발, 세 발…… 밀려나듯 점점 더 뒤로 물러섰지만 마지막 걸음에는 내딛을 바닥이 없었다. 가은의 가느다란 몸이 공중에서 잠시 휘청, 흔들렸다. 새파랗게 질린 가은은 이윽고 미끄러지듯 허공으로 추락했다.

여기서 영상이 뚝 끊기고 화면이 검은색으로 바뀌었다.

"아……!"

영상을 보는 내내 얼굴이 점점 구겨져 가던 가은 엄마는 신음에 가까운 탄식을 내뱉었다. 망치로 머리를 얻어맞은 듯 눈앞이 번쩍하고 온몸에 소름이 돋았다. 극심한 충격으로 정신이 혼미해졌다. 떨리는 두 손으로 자신의 얼굴을 감싼 가은 엄마는 한동안 텅 빈 눈으로 멍하니 허공을 바라보았다. 그러다가 이내 작게 중얼거렸다.

"얼마나 아팠을까……. 혼자 얼마나 무서웠을까."

입 밖으로 말을 뱉은 순간 가은 엄마의 속에서 울컥울컥 무언가 끓어올랐다. 충격, 슬픔, 안타까움, 분노, 절망, 죄책감. 헤아릴 수 없는 온갖 감정들로 엉기고 뭉친 뜨거운 불덩이는 순식간에 몸집을 키워 화르르 타올랐다. 그리고 결국 폭발해 얼굴을 가린 손 틈 사이로 걷잡을 수 없이 흘러넘쳤다. 가은 엄마의 절규 섞인 울음소리가 오랫동안 상영관 안을 메웠다.

여름은 걱정스러운 눈빛으로 가은 엄마의 안색을 살폈다. 그러다 무언가 생각난 듯 급히 주머니에서 핸드폰을 꺼내 들었다. 그리고 곧장 오 형사에게 전화를 걸어 소식을 전했다.

여름의 전화를 받고 드림 레코드로 달려와 영상을 확인한 오 형사는 놀란 얼굴로 중얼거렸다.

"아니, 저 사람은……."

오 형사는 그동안 가은의 담임을 용의선상에서 제외했던 경찰 측 실수를 인정하고 뒤통수를 긁으며 머쓱해했다. 그러면서 힘들어하는 제자를 돕지는 못할망정 선생이라는 작자가 어찌 저럴 수 있냐며 혀를 끌끌 찼다.

가은의 마지막 꿈 영상은 모든 상황을 뒤엎고 극적인 반

전을 가져왔다. 사고 지점이 CCTV 사각지대라 처음에는 경찰도 정확한 범행 장면을 확보할 수 없었다. 주변 CCTV에서 단서를 찾는 일도 쉽지 않았다. 사고 직후 학생들과 교사들이 한꺼번에 사고 현장으로 몰려가는 바람에 카메라에 찍힌 사람이 너무 많았다. 그중에서 범인을 찾는 일은 '월리를 찾아라'처럼 어렵게 느껴졌다.

가은의 꿈 영상 덕분에 유력 용의자가 바뀌면서 모든 일이 일사천리로 진행됐다. 방향을 제대로 잡고 재개된 수사는 놀랍도록 빠르게 진전됐다. 경찰은 가은의 담임에게 초점을 맞추고 학교 CCTV 녹화 파일을 전부 다시 분석했다. 그 결과, 흐릿한 화면 속에 담긴 담임의 의심스러운 모습이 드러났다. 사고 현장으로 몰려드는 아이들 틈에 섞여 이동하는 담임은 꼭 누군가에게 쫓기는 사람처럼 서둘렀고 몇 번이나 뒤를 돌아보며 안절부절못했다. 그뿐만이 아니었다. 사고 지점과 제일 가까운 CCTV에 찍힌 담임은 사고가 발생하기 몇 분 전에 가은보다 두어 걸음 앞서 복도를 걸어가다가 CCTV 사각지대로 들어서면서 사라졌다. 처음에는 그저 우연히 동선이 겹쳤을 거라고만 생각하고 큰 의미를 두지 않았다. 하지만 이제는 달랐다. 오 형사를 비롯한 경찰들은 하필 그 시각에 복도 끝으로 향하는 담임의 움직임에 목적성이 있다고 판단했다.

모든 것들이 딱딱 맞아떨어지고 있는 와중에 또 다른 결정적 증거가 등장했다. 오 형사와 가은 엄마가 그토록 찾아 헤매던 '목격자'였다. 사고 장면을 직접 목격한 것은 아니었지만 사고 직전에 사고 지점으로 단둘이 들어가는 피해자와 용의자를 목격했다는 사실만으로도 강력한 정황적 증거가 될 수 있었다.

왜 진작에 신고하지 않았냐고 묻는 오 형사의 질문에 목격자 여학생은 잔뜩 긴장한 얼굴로 우물쭈물 대답했다.

"죄송해요……. 근데 말 안 하려고 안 한 게 아니라 완전히 까먹고 있었어요. 복도에서 선생님이 가은이 데려가는 거 본 거요……. 뭐 얘기하러 가는구나 싶었고 전 그때 화장실이 너무 급해서 별생각 없었어요. 근데 화장실 갔다 온 사이에 아수라장이 된 거죠 학교가. 그 일 있고 선생님들은 사고 얘긴 입도 뻥긋 못하게 했어요. 금기어처럼 된 거죠. 애들이요? 애들끼리는 얘기 엄청나게 했죠. 걔네가 범인 아니면 자기 성을 간다 어쩐다 하면서……. 태희네 애들이 계속 가은이 괴롭히고 있던 거, 모르는 애들 없었거든요. 그날도 가은이 데리고 나가길래 저도 당연히 걔네가 범인일 거라고만 생각했고요. 근데 요새 경찰들도 다시 학교 찾아오고, 태희네 애들이 범인이 아니라는 소문도 돌고……. 그래서 저도 그날 일을 곰곰이 생각해 봤는데, 갑자기 기억이 팍 떠오르는 거예요. 네, 선생님 봤던 거요."

얼마 뒤 학교에서는 학교폭력위원회가 열렸다. 태희 무리가 가은에게 그동안 숱하게 보냈던 협박성 메시지들과 다른 학생들의 목격담을 근거로 폭력 행위를 주도한 태희와 혜진에게 강제 전학 처분이 내려졌다. 이에 동조한 세나와 유리와 아린에게는 학급 교체와 특별 교육 30시간 이수 처분이 내려졌다. 가은은 학교 내·외의 전문 상담 기관을 통해 심리 치료를 진행하기로 했다.

경찰은 가은의 담임인 이 모 씨에 대해 구속 영장을 신청하고 범행 동기와 경위, 여죄 등을 철저히 조사한 후 검찰에 송치할 계획이라고 발표했다. 기소된다면 상상적 경합* 관계에 있는 옥상 사건에 대해 담임에게는 강제 추행 미수와 과실 치상 중 더 무거운 죄에 대한 형이 내려질 것이라고 말

----

* **상상적 경합** 하나의 행위가 여러 가지 죄명에 해당하는 경우를 이르는 말.

했다.

한편, 교육청 징계 위원회는 사법 처리 결과와 별개로 교사로서 학교 폭력 사실을 알면서도 방조한 죄, 학생을 상대로 성추행한 죄, 출입이 금지된 위험 장소로 학생을 데려가 추락 사고로 번지게 만든 죄를 물어 가은의 담임을 파면시켰다.

자칫 미제로 남을 뻔한 추락 사건의 진실을 알게 된 학생들은 경악을 금치 못했다.

강화 유리

＊

　드림 레코드 상담실 안, 말린 장미색 의자에 가은이 단정한 자세로 앉아 있었다.

　똑똑.

　잠시 후 형식적인 노크 소리가 들리더니 문이 벌컥 열렸다.

　"가은아!"

　2주 만에 재회한 여름과 가은의 얼굴에는 서로 반가운 기색이 역력했다.

　"잘 지냈어?"

　기분 좋은 웃음을 띤 여름이 가은의 맞은편에 앉았다.

　"네."

　"별일 없었고? 몸은 좀 어때? 병원 계속 다녀?"

　반가운 마음에 여름은 이것저것 질문 공세를 퍼부었다.

"일주일에 한 번씩 심리 치료만 계속 받고 있어요. 몸은
이제 괜찮아요."

가은이 작은 목소리로 또박또박 대답했다. 그러고는 손톱
을 만지작거리며 중얼거리듯 덧붙였다.

"그리고…… 기억도 돌아왔고요."

"정말?"

똥그래진 여름의 눈을 보며 가은이 고개를 끄덕였다. 살
짝 미소 짓는 가은의 양 볼에 오목한 보조개가 설핏 나타났
다가 사라졌다.

"아."

가은은 무언가 생각난 듯 무릎 위에 올린 하얀 에코백에
서 핸드폰을 꺼내 들었다. 이어 화면을 손가락으로 몇 번 두
드리더니 핸드폰을 돌려 여름에게 내밀었다.

"여기요."

"이거 당첨됐구나!"

핸드폰을 받아 든 여름이 '꿈 기록 무료 체험권'을 확인하
고는 달뜬 목소리로 말했다.

"네가 직접 신청한 거야? 경쟁률 엄청났을 텐데."

"그렇더라고요. 클릭 한 번 할 때마다 5분 넘게 걸리고…….

겨우겨우 신청은 했는데, 당연히 안 될 줄 알았거든요. 근데 그저께 일어나서 보니까 당첨 문자가 와 있더라고요. 너무 놀라서 아직 꿈인 줄 알았어요."

체험권 신청 이야기를 종알종알 늘어놓는 가은이 귀여웠는지 여름의 얼굴에 따뜻한 미소가 어렸다.

"당첨 축하해! 다시 얼굴 보니까 좋다. 잠시만, 설문지 줄게."

"언니, 저……."

"응?"

설문지가 든 서류 보관함을 열던 여름의 손이 멈췄다.

"저 새로운 꿈 기록 말고…… 저번에 기록한 제 꿈 영상 보면 안 돼요?"

"체험 프로그램 바꾸려고?"

가은이 잠시 머뭇거리다 고개를 끄덕였다.

"가능하면 그러고 싶어요."

"당연히 되지."

손톱을 개나리색으로 칠한 여름의 손이 거침없이 두 번째 서랍을 열었다.

무료 체험권에 당첨된 고객들 중 드림 레코드 재방문자의 경우 '꿈 기록'과 '꿈 영상 재시청' 중 하나의 프로그램을 선택할 수 있다. 물론 새로운 꿈 기록을 고르는 사람 수가 압도적으로 많았다. 어렵게 얻은 한 번의 기회를 이미 봤던 꿈을 보는 데 쓰고 싶지 않다는 이유였다. 그러나 특별히 인상 깊었던 꿈을 다시 보기 위해 회사를 찾는 고객들도 왕왕 있었다.

주로 하늘로 먼저 보낸 가족이나 주변 사람이나 반려동물이 나오는 꿈, 보고 싶거나 좋아하는 사람이 나오는 꿈, 행복한 과거 장면들을 선명하게 보여 주는 꿈, 예지몽처럼 중요한 메시지를 주는 꿈 등이 그러한 경우에 속했다. 비록 가은은 드림 레코드에서 머무는 한 달 동안 자신의 꿈 영상을 한 번도 시청한 적이 없지만, 프로그램 진행 과정은 일반 고객들과 동일했다.

"정말 괜찮겠어?"

여름이 '꿈 영상 재시청' 신청서를 가은 쪽으로 내밀며 물었다. 가은의 꿈 영상에 무엇이 담겨 있는지를 잘 알기에 여름은 걱정하는 마음이 앞섰다.

"쉽게 결정한 건 아니에요. 엄마도 반대했고요. 그렇지만……."

가은이 아랫입술을 지그시 깨물고는 말을 꺼냈다.

"제대로 한 번 보지 않으면 제 마음이 계속 거기에만 머물러서 한 발짝도 앞으로 나아갈 수 없을 것 같아요. 전에 언니가 해 준 말도 자꾸 생각났고요."

"내가 해 준 말?"

"언니가 그랬었잖아요. 내 아픔을 직면하고 나를 안아 줄수 있어야 쉽게 깨지지 않고 강화 유리처럼 단단해질 수 있다고요."

가은이 차분하고 진지한 얼굴로 말했다. 그리고 그 말은 여름의 가슴속에 묵직한 파동을 일으키며 내려앉았다. 살짝 눈썹이 치솟은 여름의 얼굴에 묘한 감정이 떠올랐다.

솔직히 여름은 좀 놀랐다. 가은이 어리다고만 생각했고, 자신이 해 준 말을 스스로 깨닫는 데까지 시간이 걸릴 거라 여겼다. 그런 큰일을 겪고 더군다나 충격으로 기억까지 잃은 상태에서 누가 옆에서 무슨 말을 해 준들 귀에 닿을 수 있겠는가. 하지만 가은은 지혜로웠다. 스쳐 가는 인연에 불과한 여름의 말을 흘려듣지 않았다. 어두운 동굴 속에 침잠해 있으면서도 멀리 보이는 한 줄기 빛을 놓치지 않았다. 자신의 아픔을 마주하는 일은 다 큰 어른들에게도 쉽지 않을 터였다. 여름은 가은이 대견하고 기특했다.

"잘 생각했어."

여름이 만족스러운 미소를 지으며 덧붙였다.

"가자! 강화 유리로 업그레이드하러."

접수를 마친 여름이 곧장 가은을 데리고 꿈 상영관으로 향했다. 상영관에 처음 발을 들인 가은은 신기한 듯 여기저기 천천히 살피며 말했다.

"와, 영화관 같아요."

"꽤 괜찮지? 앉아서 잠깐 쉬고 있어. 사무실 좀 올라갔다가 금방 올게."

"네."

잠시 후 여름이 상영관으로 돌아왔다. 오른손에는 가은의 이름이 적힌 조그만 USB가 들려 있었다. 사건 해결에 핵심적 단서가 되었던 마지막 날 꿈 영상이었다.

"준비됐어?"

"네."

스크린 밑에 USB를 꽂은 여름이 가은의 옆자리에 앉았다. 푹신한 가죽 의자가 부드럽게 몸을 감싸 주었다.

"긴장하지 말고 편하게 보면 돼."

말은 이렇게 내뱉었지만 정작 더 긴장한 쪽은 여름이었다. 여름은 고통스러운 과거와 마주하기 위해 스스로 이 상영관을 찾았던 그날을 머릿속에 떠올렸다. 까무룩 회상에 잠기려는 그때, 지직거리는 기계음이 들리면서 꿈 영상이 재생되기 시작했다. 힐끗 옆을 보니 다행히 가은의 얼굴은 아직 평온해 보였다. 여름은 침을 한 번 삼키고 자세를 고쳐 앉았다.

영상이 진행될수록 가은은 동요하기 시작했다. 차분했던 눈동자와 입술에 불안한 지진이 일었다. 속에서 무언가가 개구리 알 부풀듯이 급격하게 차오르더니 눈 끝에 대롱 매달렸다. 무너지지 않으려고 입술을 꽉 깨물었지만, 노력은 얼마 가지 못했다. 중력을 이기지 못한 굵은 눈물방울이 툭 떨어지고 가은의 얼굴이 한순간에 일그러졌다. 격해지는 감정에 작은 어깨가 점점 더 심하게 들썩였다. 옆에 앉은 여름이 곧장 팔을 뻗어 가은을 그러안았다. 여름의 품에 안긴 가은은 꺽꺽 소리 내 울음을 토하며 어둠 속에서 완전히 무너져 내렸다.

"여기."

물에 젖은 아기 새처럼 파르르 떨리던 가은의 몸이 누그러지자, 여름은 휴지를 내밀었다. 그러고는 가은이 진정될 때까지 가만히 기다려 주었다. 상영이 끝난 고요한 극장 안에는 훌쩍거리는 소리만이 얼마간 작게 맴돌았다.

후우우, 가은이 숨을 크게 들이쉬면서 불안정해진 호흡을 가다듬었다.

"좀 괜찮아?

"네……. 울고 나니까 이상하게 시원하네요."

여름의 물음에 가은이 남은 눈물을 휴지로 찍어 내면서 대답했다.

"어땠어? 영상 보니까."

"음……. 서럽기도 하고, 화도 나고, 창피하기도 하고…… 만감이 교차했어요. 근데 한편으로는 기분이 좀 묘하더라고요."

"왜?"

"영상 속에 있는 제 모습이 제가 아니라 다른 사람인 것처럼 느껴졌어요. 분명 제가 맞는데도 이질감이 들더라고요. 음, 그니까 무슨 말이냐면……"

자신이 느낀 걸 설명하기 어려운 듯 가은이 미간을 살짝 찡그렸다.

"무슨 말인지 알아. 나도 그랬었거든."

여름이 빙긋 미소 지으며 말했다.

"그게 한 발짝 떨어져서 보면 그렇더라고. 나인 걸 아는데도 내가 아닌 것 같은 느낌. 나약하고 무기력해 보이고 쟤왜 저러나 싶어 답답하고 보기 싫지만, 또 너무 짠해서 안아 주고 싶은 그런 마음."

"맞아요. 저도 비슷했어요."

"근데 그러고 나면 말이야. 그다음엔 내가 보여. 영상이나과거 속에 갇혀 있지 않고 지금, 여기 있는 내가."

빨갛게 눈이 충혈된 가은이 알쏭달쏭한 표정으로 고개를갸웃거렸다.

"음……."

여름은 가은이 조금 더 쉽게 이해할 수 있는 비유를 고민하며 잠시 머리를 굴렸다. 그러다 좋은 비유가 번쩍 떠올랐다.

"아! 그래, 영상 속에 있던 과거의 너를 네 자식이라고 생각해 봐. 항상 착하기만 한 자식도 가끔은 속을 썩일 때가있잖아. 그렇다고 자식을 갖다 버려? 아니잖아. 인정하고품어 주면서 좋게 이끌어 줘야지. 부모도 마찬가지야. 자식이 속 썩여서 힘들다고 자기 삶까지 망가뜨리진 않잖아. 오히려 더 노력해서 솔선수범하면 자식도 따라서 긍정적으로 변해 갈 테니까. 기억도 그런 거지. 좋은 기억만 갖고 사는 사람은 세상에 아무도 없어. 언제든 나쁜 기억이 불쑥불쑥 튀어나와서 속도 썩이고 투정도 부릴 거야. 그럼 그냥 따뜻하게 안아 줘. 그랬구나, 아팠구나 하면서."

"……."

"그리고 지금 여기에 존재하는 너는 너의 삶을 살면 되는 거야. 네가 새롭게 만들어 갈 수 있는 너만의 삶. 가은아, 이제 더는 멈춰 있지 말고 앞으로 나아가자 우리."

말없이 고개를 주억거리던 가은의 얼굴에 여름의 진심이 닿은 듯 희미한 미소가 번졌다. 앙상하게 메말라 가던 가은의 마음속에 발긋한 꽃 한 송이가 은밀하게 피어났다.

찔리십니까?

✳

진범이 밝혀진 후로 푸른고등학교에서는 한동안 다시 떠들썩한 날들이 이어졌다. 가은의 사고와 관련한 여러 가지 소문들이 학교 공기 속에 유령처럼 떠돌았다. 그리고 그 과정에서 재미를 위해 근거 없는 이야기들이 곁들여지기 시작했다.

가은과 담임이 사귀는 사이였는데 조용한 장소를 찾아 데이트하다가 가은이 발을 잘못 디뎌서 그렇게 된 거라는 둥, 원래 범인은 태희 무리가 맞는데 그 애들이 담임에게 뒤집어씌운 거라는 둥, 태희와 썸 타고 있던 옆 반 남자애가 갑자기 가은에게 관심을 보이니까 눈이 뒤집힌 태희가 가은을 괴롭혔던 거라는 둥 별별 터무니없는 추측들이 아이들의 머릿속에서 이야기보따리처럼 끝도 없이 흘러나왔다.

이야기는 아이들이 원하는 방향으로 마음껏 왜곡되고 부

풀려졌다. 시간은 묵묵히 흘렀고, 그사이 학교에서는 크고 작은 새로운 일들이 떠올랐다가 사그라들기를 반복했다. 아이들은 더 자극적인 이야깃거리를 찾아 고개를 돌리고 귀를 쫑긋거렸다. 학교 전체를 뒤흔들었던 가은의 추락 사건이 그렇게 조금씩 잊혀 갈 무렵, 특별 강연 요청을 받은 드림 레코드 한태오 회장이 푸른고등학교를 방문했다. 강연 자료들을 꼼꼼하게 챙긴 여름도 말쑥한 정장 차림으로 동행했다.

"이번 교시에 드림 레코드 회장님 강연 있는 거, 다들 알고 있지?"

가은의 새로운 담임이 자리에 앉은 아이들을 향해 말했다.

"네에!"

말이 끝나기 무섭게 우렁찬 대답이 터져 나왔다.

"회장님 잘생겼다던데."

"나 아까 운동장에서 차 봄. 검정색 세단."

"무료 체험권 나눠 주면 좋겠다."

여기저기에서 들뜬 목소리로 웅성거리자, 담임이 교탁을 손으로 탁탁 치며 주의를 집중시켰다.

"다들 조용히 하고, 질서 있게 시청각실로 이동하자."

담임의 말에 아이들이 일사분란하게 움직였다. 불투명한 시청각실 유리 창문에 사람 실루엣이 일렁이더니 드르륵 문이 열렸다. 남색 스트라이프 정장을 깔끔하게 갖춰 입은 한 회장이 시청각실 안으로 들어서고, 그 뒤로 종이 박스를 한 아름 안은 여름이 구두 소리를 내며 문을 닫고 들어왔다.

"반갑습니다. 드림 레코드 회장 한태오입니다."

마이크 앞에 선 한 회장이 아이들과 눈을 맞추며 정중하게 인사했다. 자신감 넘치는 태도와 강렬한 이목구비가 어우러져 그의 주변으로 형형한 광채가 뿜어져 나왔다. 몇 초간 정적이 흘렀다. 신기한 눈으로 한 회장을 뚫어져라 응시하던 아이들은 이내 요란하게 손뼉을 쳤다. 회장 뒤에 서서 아이들을 빙 둘러보던 여름은 가은과 눈이 마주쳤다. 두 사람은 누가 먼저랄 것 없이 빙그레 웃었다.

"여러분, 우리 드림 레코드가 뭘 하는 회사죠?"

"꿈 기록이요!"

자리에 앉은 아이들이 한목소리로 외쳤다. 샛별처럼 눈을 반짝거리는 아이들이 귀여운지 한 회장의 입가에 너글너글한 미소가 배어 나왔다.

"맞습니다. 꿈 기록과 꿈 상영은 드림 레코드가 보유한 가장 큰 경쟁력이고, 회사와 동일시되는 메인 상품이죠."

한 회장이 강연의 화두를 꺼내는 사이, 여름은 종이 박스를 들고 바쁘게 움직였다. 회사 소개 자료를 나눠 주고 한 회장이 선 교탁에 생수를 올려놓았다. 그 후 노트북에 선을 연결하고 화면을 띄우는 일까지 마치 한 동작처럼 자연스럽게 이루어졌다. 여름은 어느새 노련한 직원이 다 돼 있었다.

"혹시 드림 레코드가 꿈 기록 외에 또 어떤 일을 하고 있는지 아는 학생 있나요?"

회장의 질문에 아이들은 금시초문이라는 표정으로 눈을 굴리며 고개를 갸웃거렸다. 역시 그럴 줄 알았다는 듯 미소를 머금은 회장이 말을 이었다.

"우리 회사는 사람들에게 알려진 것 외에도 많은 일을 하고 있습니다. 법조계와 의료계, 문화 예술계 같은 다양한 분야와 연계망을 형성하고 있어요. 범죄 수사나 심리 상담을 돕기도 하고, 꿈과 관련한 영화나 소설 같은 예술 작품 창작 활동을 지원하기도 하죠. 숙면을 돕는 제품이나 약품을 개발하기도 하고요. 꿈을 기반으로 꾸준히 사업 분야를 확장해 나가는 중입니다. 그래서 오늘은…… 드림 레코드가 꿈 꾸는 재밌는 미래 사업들, 드림 레코드에 대해 알려지지 않은 특별한 사실들, 끝으로 회사 창립 스토리까지 여러분에게 전부 공개하려고 합니다."

기발한 아이디어를 바탕으로 창업을 준비하고 투자자들 앞에서 프레젠테이션하던 그때처럼, 한 회장은 초심으로 돌아가 열정적으로 강연했다. 노트북 앞에 앉은 여름은 적절한 타이밍마다 자료 화면을 착착 넘겨 가며 강연을 잘 보조했다. 아이들은 넘치는 카리스마로 분위기를 압도하는 한 회장에게 빠져들어 시간 가는 줄 모르고 강연에 집중했다.

간단한 회사 소개를 시작으로 '잠'과 '꿈'을 연구하면서 알게 된 여러 가지 재미있는 사실들, 꿈을 이용해 이제껏 과학이 풀지 못한 미스터리한 난제들에 접근할 계획, 몇몇 고객들의 특별한 꿈 이야기, 그리고 회사 창립 스토리까지 강연은 차례대로 이어졌다.

"…… 만약 그때 제 아내가 아이디어를 내지 않았다면 지금의 드림 레코드는 존재할 수 없었을 겁니다. 여러분도 어느 순간 기발한 아이디어가 떠오를 때 있죠? 당장은 별것 아닌 것처럼 느껴질 수 있지만 어쩌면 그 아이디어가 세상을 바꿀지도 모릅니다. 좋은 아이디어가 떠오르면 그것이 생각으로만 머물지 않게 꼭 행동으로 옮겨 보세요. 생각만으로는 절대 세상을 바꾸지 못하니까요. 그리고 제일 중요한 건, 그 아이디어가 다른 사람들에게 어떤 이로움을 줄지 깊이 고민해 보라는 겁니다. 돈은 그다음이에요. 사람들에게 도움이 된다면 돈은 알아서 따라옵니다. 참신하고 유익한 아이디어로 세상을 바꾸는 여러분이 되기를 진심으로 응원합니다."

담담하면서도 호소력 있는 한 회장의 목소리가 교실에 울려 퍼졌다. 회장이 가볍게 미소 짓자 아이들은 천장이 쩌렁쩌렁 울리도록 열렬한 박수로 화답했다.

"5분 남았네요. 그럼 남은 시간 동안 회장님이나 드림 레코드에 대해 궁금했던 점을 자유롭게 질문하는 시간 갖겠습니다."

시간을 확인한 여름이 말했다. 아이들은 믿기지 않는다는 듯 고개를 돌려 벽시계를 봤다. 시간을 확인한 아이들의 머릿속이 갑자기 분주해졌다. 궁금한 것들이 많았지만 마지막 질문이 될 수 있는 만큼 신중하게 의미 있는 질문을 뽑아

내야 했다. 그렇게 각자 바쁘게 머리를 굴리고 있는 그때였다. 주뼛거리며 올라온 손 하나가 기회를 냉큼 낚아챘다.

"저, 이런 거 물어봐도 될지 모르겠는데요. 너무 궁금해서……."

"괜찮으니까 말해 봐요."

어쩐 일인지 남학생은 바로 대답하지 못하고 꾸물거렸다. 적절한 표현을 고민하는 듯했다. 시청각실 안의 모든 눈동자가 남학생에게 집중됐다. 머뭇거리던 남학생은 이윽고 입을 뗐다.

"음……. 저희 학교 추락 사건이요. 꿈으로 해결한 거라던데, 맞아요?"

순간 아이들의 눈이 동시에 커졌다. 한동안 추락 사건과 관련한 온갖 추측과 소문이 난무했었지만 정작 당사자 앞에서는 금기어처럼 여겨지던 이야기였다. 평화로웠던 분위기가 얼음물을 끼얹은 듯 순식간에 싸늘하게 가라앉았다.

"저 눈치 없는 새끼."

할 말은 해야 직성이 풀리는 한 학생이 중얼거리듯 툭 말을 뱉었다. 기다린 듯이 가은이 있는 반 쪽으로 학생들의 시선이 쏠렸다. 반면 가은은 덤덤했다. 한 번은 겪어야 할 일

이라 생각했기에 그저 이 시간이 빨리 지나가길 바라며 지
그시 아랫입술을 깨물었다.

"흠……."

한 회장이 마이크를 꽉 쥔 채 골똘한 표정으로 창밖을 바
라보았다. 침묵이 길어질수록 시청각실 안의 긴장감이 깊
어졌다. 고요함 속에 숨죽인 아이들은 저도 모르게 침을 꿀
꺽 삼켰다. 한참 만에 회장이 입을 열었다.

"반은 맞고 반은 틀립니다. 꿈 기록이 잃어버린 기억을 찾
는 데 도움을 준 건 맞지만, 그 꿈이 물증과 같은 효력을 발
휘한 건 아닙니다. 그래서 말입니다만, 우리 드림 레코드는
앞으로 여러분의 꿈이 확실한 물증으로 쓰일 수 있게 할 겁
니다."

이야기가 생각지 못한 방향으로 흘러가자, 아이들 눈이
휘둥그레졌다.

"이제부터 학교 폭력 장면이 담긴 꿈 영상을 전국에 송출
하려고 합니다. 물론 피해자에게는 모자이크 처리와 목소
리 변조를 할 거고요. 잘못한 것 없는 피해자가 숨는 세상
은 옳지 않습니다. 가해자가 부끄러움에 얼굴 들지 못하는
세상을 제가, 아니 드림 레코드가 반드시 만들어 나갈 겁니

다."

부리부리한 눈동자를 빛내며 한 회장이 단호하게 말했다. 그러자 적막하게 고여 있던 공기가 출렁, 흔들렸다. 크고 작은 물음표들이 여기저기서 동실동실 솟아올랐다. 아이들은 물론이고 뒤편에 모여 학생들을 감독하던 선생님들까지 하나같이 의문 가득한 얼굴로 한 회장을 쳐다보았다. 학생들이 조금씩 웅성거리기 시작할 즈음, 한 여학생이 손을 들었다. 웬만해서는 전교 1등을 놓치지 않는 모범생이었다.

"그렇게 되면 꿈을 악용하는 사람들이 생기지 않을까요? 사실과는 전혀 다른 꿈 때문에 억울하게 얼굴 팔리는 사람들도 분명히 나올 거고요."

전교 1등답게 의견을 내는 데 있어 자신감이 넘쳤고 말에는 군더더기가 없었다. 다른 아이들도 여학생 말에 동의하듯 살짝살짝 고개를 끄덕이면서 한 회장 눈치를 살폈다.

"물론 원칙 없이 모든 영상을 공개하겠다는 건 아닙니다. 회사 규정상 영상 외부 유출은 금지하고 있기도 하고요. 다만 예외적으로, 이번 사건처럼 경찰의 수사 협조 요청이 있을 때는 피해자 동의를 받아서 꿈 기록을 할 겁니다. 그리고 기록하는 동안 피해자가 학교 폭력 당하는 꿈을 며칠이고 반복해서 꾼다면, 그리고 그 꿈에 매번 같은 가해자들이 나온다면 그때 영상을 공개할 겁니다. 누구나 평소에는 현실과 관련이 없거나 현실이 왜곡된 형태의 꿈을 꿉니다. 그러다 극심한 스트레스를 받게 되면 현실이 여실히 반영된 꿈을 빈번하게 꾸더군요. 현실에서 느끼는 불안이 무의식까지 잠식하는 거죠. 지금까지 수많은 꿈 영상들을 다루고 오랜 시간 꿈을 연구하면서 깨달은 사실입니다."

"영상 공개할 때는 가해자 동의도 필요하지 않나요?"

한 남학생이 손을 들고 질문했다. 학교 방송부에서 일반인을 대상으로 하는 영상 콘텐츠를 제작하고 있는 만큼 영상 공개의 절차적 지식에도 해박한 학생이었다.

"현행법상으로는 그렇죠. 하지만 민심은 법과는 정반대로 흘러가고 있습니다. 국가가 나서서 학교 폭력 가해자들을 엄중히 처벌해 주길 국민들은 간절히 원하고 있어요. 어리다는 이유로 법 뒤에 숨어서 솜방망이 처벌을 받는 가해자는 어차피 교화될 수 없습니다. 청소년 재범률이 성인의 두 배라는 통계 자료만 봐도 알 수 있죠. 애초에 죄책감을 느낄 인물이라면 그런 짓을 저지르겠냐만, 간혹 뉘우치는 경우가 있더라도 일단 잘못을 했으면 죗값을 치러야죠. 학교 폭력은 날이 갈수록 잔인하고 극단적으로 변해 가고 있는데 법은 시대를 따라가지 못하고 있습니다. 그래서 저는 법 개정을 건의하기로 했습니다. 가해자 동의 없이도 폭력 사실을 공개할 수 있도록 말이죠. 한 마리 늑대를 교화시키는 것보다 수백 마리 선한 양의 안전을 지키는 것이 더 중요하지 않겠습니까?"

시종일관 여유 넘치던 한 회장의 말투에 돌연 날이 서고 눈에 힘이 실렸다. 학생들 사이에 잠시 무거운 정적이 흘렀다. 반쯤 열린 창문으로 운동장에서 공 차는 소리만 간간이 들려왔다. 공기가 점점 차갑게 얼어붙는 느낌이 들 때쯤이었다. 전교 1등 여학생이 다시 손을 들었다. 여전히 자세는 흐트러짐 없이 꼿꼿했고, 예리한 눈빛에는 호기심이 가득 담겨 있었다.

"가해자는 어떤 기준으로 정해지나요? 옆에서 아무것도 안 하고 그냥 보고만 있던 사람도 꿈에 나왔단 이유로 무조건 가해자가 되는 건가요?"

"일단은 피해자한테 직접적으로 해를 가한 사람만 얼굴을 공개하는 방향으로 계획하고 있습니다. 그런데 말입니다, 옆에서 아무것도 안 했다는 말, 책임질 수 있습니까?"

여학생을 응시하던 회장의 시선이 학생들 전체로 향했다.

"피해자를 제외한 모두가 공범입니다. 직접 안 건들고 안 때렸으니 자신은 무고하다고 생각하나요? 그렇다면 큰 착각입니다. 물에 빠뜨린 사람만 가해자는 아니죠. 지켜만 본 사람도 가해자입니다. 법원에서도 학교 폭력 방관자를 가해자로 인정한 사례가 있고요. 비겁한 방관자는 되지 말았어야죠. 다 같이 목격자가 되고, 신고자가 됐어야죠. 안 그렇습니까?"

성공한 기업가답게 청산유수 같은 말솜씨를 보여 준 한 회장은 특별히 끝말에 힘을 주었다. 그리고 한 박자 쉰 다음 말을 이었다.

"혹시 지금, 찔리십니까?"

회장의 강렬한 눈빛에 압도된 학생들은 호랑이 앞 하룻강아지처럼 얼어붙었다. 복잡미묘한 표정으로 회장의 말을 듣고 있던 가은은 말없이 시선을 떨어뜨렸다.

"찔려야죠, 사람이라면. 마음이 불편해야 합니다."

한 회장은 머릿속이 혼란해진 아이들을 향해 한 음 한 음

눌러 가며 마지막 쐐기를 박았다. 곧이어 수업 끝 종이 울렸다. 피날레를 장식하듯 운동장에서 뻐엉 하고 공 차는 소리가 시원하게 울려 퍼졌다.

"이상으로 드림 레코드 한태오 회장님의 강연을 마치겠습니다."

*

한 회장의 지시에 따라 일이 본격적으로 진행되었다. 드림 레코드는 우선 '학교 폭력 꿈 영상 공개'와 관련된 계획을 각종 SNS와 동영상 플랫폼을 통해 최대한 널리 퍼뜨렸다. 어느 정도 입소문을 타서 사람들의 관심을 끈 뒤에는 입법화 추진을 위한 국민 청원을 국회 게시판에 올려 기준치 이상의 동의를 얻어 내는 데 성공했다. 해당 청원은 곧 관련 위원회에 회부되었다.

예고편에 불과한 단계였지만 사람들의 반응은 뜨거웠다. 시작부터 찬반양론이 팽팽하게 맞서는가 싶더니 가해자에게 더 강력한 처벌이 필요하다는 의견에 점점 힘이 실렸다. 사람들은 그 어느 때보다 흥분으로 가득 차 있었다. 관련 기사가 뜰 때마다 실시간 댓글들이 줄줄이 달렸다. '그래요. 이게 진짜 처벌이죠.', '사이다 응징이네요!', '드디어 세상이 올바르게 돌아가는군요.', '무조건 찬성입니다. 교화도 제대로 된 처벌이 있어야 가능한 겁니다. 아직 어려서 선악 개념이 없다면 어른들이 가르쳐 줘야죠.'와 같은 응원 댓글들이 잇따라 올라왔다.

입법화에 성공할 경우 어떤 일들이 벌어질지 구체적으로 예측한 영상은 일주일 만에 조회 수 100만 회를 달성했다. 모든 일이 척척 진행되었고, 한 회장의 계획이 현실로 이뤄지는 것은 시간문제로 보였다.

한편 전국의 학교 폭력 가해자들은 발등에 불벼락이 떨어졌다. 설마 그런 일이 진짜로 일어나겠냐며 겉으로 센 척, 태연한 척했지만 속으로는 덫에 걸린 짐승처럼 숨을 죽이고 덜덜 떨었다. 세상은 온통 '학교 폭력 꿈 영상 공개' 입법화에 관심이 쏠려 있었다.

학교와 학원과 집과 핸드폰까지 점령해 버린 그 존재에 서늘한 두려움이 밀려들었다. 한 번도 느껴 본 적 없던 공포가 온몸을 사로잡았다. 통제할 수 없는 압박감에 짓눌리며 그들은 슬그머니 그간 자신이 벌인 행적을 떠올리기 시작했다.

결과적으로, 국민의 바람과는 달리 청원은 입법화로 이어지는 데 실패했다. 꿈 내용이 사실과 다를 수 있다는 점, 영상 공개가 가해자의 인권과 초상권을 침해한다는 점, 학교 폭력으로 이미 징계를 받은 학생에게 이중 처벌이 가해질 수 있다는 점, 연고주의[**]가 강한 우리나라에서 신상 공개로 인해 가해자 가족들에 대한 2차 피해가 발생할 우려가 있다는 점 등을 이유로 부결되었다.

비록 한 회장의 야심 찬 계획은 무산되었지만, 이후에도 학교 폭력 가해자 처벌 강화에 대한 사람들의 논쟁 열기는 좀처럼 식을 줄 몰랐다.

사실 한 회장은 애초에 입법화에 실패하리란 것을 어느 정도 예상하고 있었다. 당장 실현되기엔 비현실적이고 무모한 도전이었다. 그는 다만 죄의식을 느끼지 않는 가해자들에게 경고장을 날리고 싶었고, 학교 폭력 문제를 공론화함으로써 피해자들의 고통과 방관자들의 책임에 대한 사회적인 공감대를 형성하고 싶었다.

....

[**] **연고주의** 혈통, 정분, 법률 따위로 맺어진 관계를 우선시하거나 중요하게 여기는 사고방식.

일단 여론이 형성되면 문제에 대해 적극적인 해결책을 '함께' 연구하고 고민하는 사회로 나아갈 수 있다고 확신했다. 입법화 추진 과정에서 가해자들은 잠시나마 자신의 잘못을 곱씹고 반성의 시간을 가졌다. 수천만 대중이 학교 폭력을 얼마나 혐오하고 있는지를 두 눈으로 확인했으며, 이제 더는 방관자가 아닌 목격자와 신고자로 변화 중인 수많은 학생의 눈치를 봐야 했다. 게다가 최근 피해자의 꿈 영상을 통해 징계를 받은 학교 폭력 가해자가 있다는 소문이 전국적으로 퍼지면서 그들은 또 한 번 불안과 두려움에 휩싸여 몸을 떨었다.

피해자가 가해자를 피해 숨지 않아도 되는 지금의 시간이 얼마나 갈지 알 수 없었다. 그럼에도 한 회장은 한 번 더 희망을 걸어 보기로 했다. 이번 일을 계기로 조금이나마 상식적이고 건강한 세상으로 나아갈 수 있을 거라고.